辺境の村で子供領主を始めた
私、ミーティア・リュミオール
《華麗なる悪女計画》は
次なる段階に
進む時がきた——
私
行
ぱかぱーーん
??
手違いでとんでもなく
難しい試験を受ける
ことになったけれど
見事合格!!
魔法国一の超名門校
アルカディア魔法学園の
Sクラスに編入する
こととなった
BUKA
BUKA
EXCELLENT!!

成績優秀者だらけの
Sクラスは曲者揃い
なぜか第三王子の偽恋人に
なるはめになるし
思ったようにいかない日々
それでも
初めて同い年の
お友達も出来て
毎日ワクワクして
過ごしてる

生活魔法しか使えなくても
それくらいの逆境は望むところ
この学園でも
華麗なる悪女生活を
謳歌してみせる！
BOOOM!!

illustration 転

華麗なる悪女になりたいわ！

～愛され転生少女は、楽しい二度目の人生を送ります～

VOL. II

葉月秋水
SHUSUI HAZUKI

[ILL.]
転

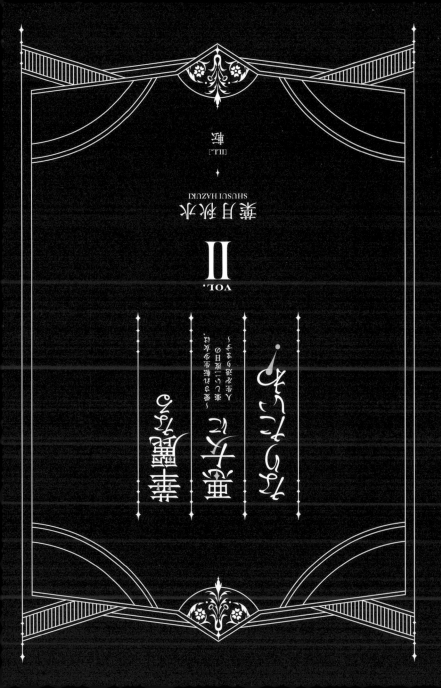

華麗なる悪女になりたいわ！

～愛され転生少女は、楽しい二度目の人生を送ります～

VOL. II

葉月秋水
SHUSUI HAZUKI

[ILL.]
転

CONTENTS

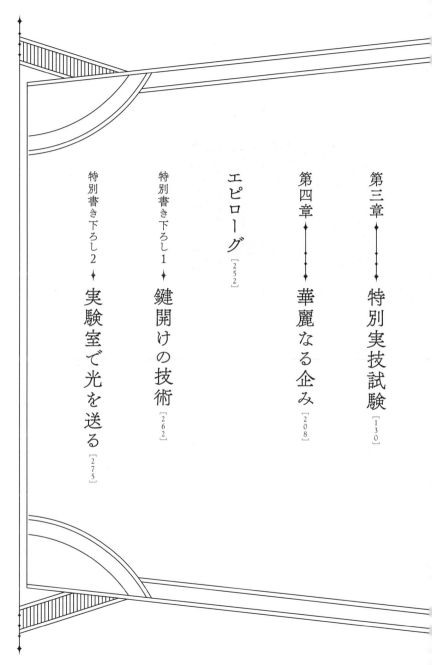

CHARACTER

［ミーティア］

魔法国貴族、リュミオール伯爵家の少女。前世の記憶を持っており、憧れていた悪女のような華麗でかっこいい生き方を目標としている。（ただし『悪女』の考え方が少しズレている）
生活魔法しか使えず父に疎まれてしまい荒廃した領地リネージュへと追いやられたが極めた生活魔法とその手腕で領土を再生させ、父の不正行為をも暴き伯爵家の実権を握ることとなった。

［シエル］

真面目で頑張り屋なミーティアの侍女。

ミーティアのお世話係だったが彼女が辺境へ追放されることになった際にヴィンセントとともにリュミオール家の仕事を辞め一緒についてきてくれた。手先が器用で、ヴィンセントの教えを受けて工作スキルをメキメキと上達させている。

ミーティアを娘のように溺愛している。

［ヴィンセント］

どんな仕事も完璧にこなす、ミーティアの執事。実はとある諜報機関に属していた凄腕エージェント。ミーティアの思想に感銘を受け、彼女に忠誠を誓う。そんな主にはエージェントになりきっているスゴイ人と勘違いされている。プロフェッショナル精神と内なる父性の板挟みになっている。

貴方は好きなように生きていい。
何をしてもいい。何を言ってもいいの。
大丈夫。神様より偉大な私が認めてあげる。

——エトワール・フィラント著
『ダンス・ダンス・ダンス』より

プロローグ

なりたい自分について考える。

あんな風になりたいと憧れて、近づいてみたいと真似をしたりする。

それはひとつの信仰みたいなものであるように私には思える。

憧れは胸を弾ませ、生きる喜びをくれる。

しかし、同時にそれは今の自分を否定するという要素も孕んでいるように思う。

ありのままより綺麗な、理想の自分になりたい。

それは純粋な願いであり――呪いだ。

光が強ければ影が濃くなるように、偏りは違う方向への強い揺り戻しを生む。

美しすぎる理想や、強すぎる憧れはできない自分への自己否定にも繋がってしまう。

だからこそ、憧れるときは用法用量を守って。

ありのままの自分もぎゅっと抱きしめながら、不出来な自分も愛らしいという視点を忘れずにいた方がいい、と私は思うのだけど。

ともあれ、ここまでの文章は折角の冒頭だし悪女様の小説みたいに知的で雰囲気ある感じのことを書きたいという私の純粋な憧れによるもので特に意味は無い。

揺り戻しとかどうでもいいから私はかっこいい悪女になりたいし、この人生を思いきり楽しみ抜いて、最高の悪女ライフを送りたいと心から願っている。

(よし、今日も良い感じに悪女ができたわね)

畑に生活魔法で水をあげながら、私はこの日自分がしたとんでもなく悪女な言動について思い返す。

それは昼下がり、町の掲示板に張り紙を出したときのことだ。

魔法国における多くの地域で一斉に行われる増税について、悪の権化である私は極めて悪質かつ悪辣な方針を領民さんたちに向けて打ち出した。

『増税しません。あとこれ売り物にできない訳あり果物なので一人五個まで自由に取っていってね』

領民さんたちは歓喜し、広場は大騒ぎになった。

何人かの貴族が、今度こそ増税しないとよくないことが起きると圧力をかけてきたので、ヴィンセントのなりきりエージェントチームの力を借りて黙らせておいた。

弱みを握った貴族の数は順調に増え、私の魔法国内における影響力は着実に高まっている。

魔法を使えない者の住む土地として粗雑に扱われていたリネージュ領だから、領地経営がうまくいっていることを広められたくないという圧力もある。

しかし、農業界の革命児として新鮮なお野菜を魔法国全土に出荷している私たちなので、報道規制が敷かれていてもリネージュ領が発展していることは少しずつ国内の人々に広まっているようだった。

「君の活躍には驚かされてるよ。この国に君がいてくれることを心からありがたいと思う。私も、君を守れるようにできる手はすべて尽くすつもりだから」

爽やかな王子様みたいな顔で、差別主義者の商会長に言われたのは数日前のことだ。

私は背筋に冷たいものを感じながら、適当に愛想笑いをしてより親密にならないように注意しつつ対応をした。

にもかかわらず、会うたびに商会長からの矢印が大きくなっているのを感じるのだけど多分気のせいだろう。お願いだからそういうことにしてほしい。

そんな感じで辺境の子供領主として順調に評判を高めている私は、さらに強くてかっこいい悪女になるための方法を考えていた。

(どこかに気持ちよく悪女になれる場所はないかしら)

しかし、これが非常に難しい問題だった。

二度目の人生をここまで結構がんばってきた私なので、たまにはゆるゆる過ごしたいというのも正直なところ。

その上で、思う存分悪女をするというのは簡単なことではない。

(楽して手軽に悪女をするにはどうすれば……)

答えはなかなか出なかった。

私は深く悩んだ。

なぜ人生は苦しみに満ちているのか。

さよならだけが人生なのか。

なぜお風呂に入った後、髪を乾かすのはあんなにめんどくさいのか。

気分を変えるために、農作業をする。

丁寧に土を払い、大きさと形を三段階に判別して籠に入れていく。

大きく形の良いものは、高い値段を付けて貴族向けに。

中くらいで形が整っていないものは一般のご家庭向けに出荷する。

小さくて形がよくないものは、売りものにはできないのだけど、これを煮込んで作るポタージュがすごく美味しいのは農業を営んでいる私たちだけが知っている秘密だ。

農作業は私の心を少しだけ軽くしてくれる。

でも、それは抜本的な解決にはならない。

私の心には雲がかかっている。

深く深い悩みがそこにはある。

私は窓辺で黄昏《たそが》れながら物憂げに息を吐いたり、有名人になった時に使うサインを考えてノートに書いたりした。

「お元気がないように見えますけど……何かありましたか？」

シエルが心配そうに私に言った。

「難しい悩みを抱えているの。本当に、本当に難しい問題なのよ」

「いったいどういった感じの問題なんですか？」

「楽して手軽に悪女がしたいの」

「楽して手軽に悪女がしたい……!?」

シエルは小さく目を見開いてから言った。

「すさまじく欲望に正直な願いですね」

「がんばって何かを成し遂げるのもいいけど、がんばらずに何かを成し遂げるのもすごくいいと思うの。小説をなるべく書かずに世界最高の小説家になりたいし、絵をなるべく描かずに美術界を騒然とさせる作品を描いてみんなにちやほやされたいって思うの」

「気持ちはわかりますけど、言葉にするとすごく残念な感じがしますね」

「今まで張り切ってがんばってきたから、今回はゆるゆる楽しく悪女したいなって」

「自分に正直なミーティア様も私はかわいいと思います」

「シエル好き」

私をぎゅっと抱きしめるシエル。

シエルはダメな私を許してくれるので、私の人間強度はどんどん下がっている。

リネージュ領に来た頃は最悪でも三度寝までで起きていた私は、先日八度寝という神をも恐れぬ所業を達成した。

あるいは、子供の身体で過ごす時間が長くなるにつれ、精神も影響を受けて子供の方向に引っ張られているのかもしれない。

しかし、あまのじゃくなところがある私なので、甘やかされると今度はがんばりたいなって気持ちになってくる。

(少しのがんばりで楽して手軽に悪女になる方法……)

そのとき、不意に脳裏をよぎったのは大好きな小説の悪女様が序盤で学校に通っていたことだった。

(学校……そうだ、学校なら楽して悪女になれるかも!)

それは本当に天才的かつ悪魔的なひらめきだった。

十一歳の私が学校に通うのは自然なことだ。さらに前世の記憶がある分アドバンテージを得た状態で有利にいろいろなことを進めることができる。

結論としては学校最高だ。

学校でたくさん悪女っぽいことをして、楽しい毎日を送ろう。そうしよう。

「《華麗なる悪女計画《アルベルチーヌ》》を次の段階《フェイズ》に進めるわ」

私はそれっぽい表情でシエルに背を向け数歩歩いてから、振り向いて髪をかきあげて言った。

「私、学校に行こうと思うの」


名目上は領主代行を務める十一歳の私には、隠されたもう一つの顔がある。

それは、腐敗した貴族社会で暗躍する華麗なる悪女としての顔。

前世で大好きだった小説の悪女様に憧れた私は、惰弱な悪を裁く最強の悪女を目指して日々精進しているのだった。

同じようにフィクションのスパイに憧れてなりきりをしている執事のヴィンセントにも力を借りて、領民さんたちを優秀なエージェントへと育成。

強力な仲間たちと共に貴族社会への影響力を強め、今ではリュミオール家当主であるお父様と東方議会の貴族たちも私の支配下にある。

その力には、私が作った妄想設定上の敵である《三百人委員会》も脅威を感じていること間違いなし。

ヴィンセントは、配下のエージェントたちの力も借りてすぐに魔法国全土の学校についての情報を集めてきてくれた。

黄金のゴーレムを従えた召喚魔法使いが初代学長を務めた学園や、古代の迷宮に隣接する形で建てられた魔法学校。

魔法教育が熱心に行われている魔法国においてその競争は熾烈を極めていて、学歴で人生が決まるなんて極端な考えを持っている大人までいるのだとか。

本が好きで、「大切なものは目に見えない」みたいな言葉をこよなく愛している私からすると首をひねらずにはいられない。

だけど、視野が狭くなってわかりやすい尺度で世界のすべてを測ってしまう大人の姿には心当たりもある。

家格の優れた人との結婚が女の価値だと信じていた前世の両親や、魔法適性が人間の価値だと言っていた今世のお父様。

一方で、そんな偏見に囚われること無く生きていたかっこいい大人もいる。

『何があっても貴方は絶対に大丈夫。何をしてもいい。何を言ってもいいの。誰にどう思われても、気にすることなんてない。私はずっと貴方の味方だから』

あの日、お母様にもらった言葉を大切に反芻する。

胸の中にあたたかいものが満ちるのを感じる。

浮かんだ笑みを手で隠しつつ、私はヴィンセントの用意してくれた資料を読み進めた。

(しかし、どこも難易度がすごく高い名門校ばかりね……)

資料にまとめる際、記述できる学校の数には限りがある。

必然的に、名門校が占める割合も多くなってしまうのだろう。

加えて、ヴィンセントとシエルは私の学力を高く見積もってくれているのもあるのかもしれない。

（まあ、勉強は得意だし自信がないわけじゃないけど）

前世で「女の子は勉強しなくていい」なんて言われていたことへの反発もあって、勉強が結構好きな私だ。

やるなと言われればやりたくなるというのは、人間のひとつの真理である気がする。

逆に、やれと言われるとやりたくなくなる。

「今やろうと思っていたのに言われたからやりたくなくなった」って経験はきっとみんなにあるんじゃないだろうか。

その一方で、現実主義者の私は、自分が名門校に入るのはリスクが高いことに気づいていた。

『誇り高き魔法国の貴族家から、通常魔法の適性をまったく持たない者が生まれたなんて話は聞いたことがない。末代までの恥になる。この事実は絶対に隠さなければならない』

お父様が言っていた通り、私には通常魔法の魔法適性が無い。

使えるのは難易度が低く誰でも使える生活魔法だけ。

お父様は、全力を尽くして私に通常魔法の適性が無いことを隠し続けているし、実際バレてしまうと困ったことになるのはひとつの事実。

隠し通すためにも、求められる魔法の技能は低い学校の方が良い。

何より、今回の目的は楽してのんびり悪女になること。

そのためには、簡単な学校で優しくてほんわかした子に囲まれながら悪女するのが一番良いだろう。

Aランクと記載された学校が四校あった。

どうやら、国を代表する名門校の様子。

ここは入れそうにないしやめておこう。

Bランクと記載された学校が十校あった。

ここも歴史と伝統のある有名な学校の様子。

もう少し簡単なところの方が良い。

Cランク、Dランク、Eランク、Fランクと見ていく。

アルファベットが先の言葉になるにつれ、難易度が下がっていく中で、その学校のランクが私には輝いて見えた。

(すごい……なんて簡単なのこの学校……!)

他の学校が隣り合うアルファベットで構成されている中で、その学校は明らかに別格の難易度の低さ。

Fランクから遥かに引き離された底辺のはるか底に位置している。

(ここなら絶対に落ちるはずが無いし、授業中落書きをしたり、妄想小説の設定を書いても怒られ

ない。思う存分悪女っぽいことをして過ごせるはず）

「ここにするわ」

「よろしいのですか、ミーティア様」

戸惑った顔で言うヴィンセント。

私が魔法国の最底辺校を選んだことに疑問を持ったのだろう。

だが、私の目的はあくまで楽して手軽に悪女になること。

権威の象徴である学歴には興味が無いし、息が詰まりそうな厳しい競争の中で窮屈な学校生活なんて過ごしたくない。

むしろ、授業中にその辺の草を食べてるような、ゆるゆる優しい子たちと一緒に、毎日ひなたぼっこしながらたくさん悪女するみたいな学園生活を過ごしたいのだ。

私はもう一度その学校のランクを確認する。

G、H、I、J、K、L、M、N、O、P、Q、R……うん、他の学校はFランクが一番下なのにここまで飛び抜けて下なので、間違いなく最高にゆるゆるでふわふわな学校のはず。

「このアルカディア魔法学園にする」

私は不敵な笑みを浮かべ、魔法国唯一のSランク校の入学試験を受けることに決めた。

第一章 ✦ 最高難度学園

学校に行きたい。

そう言いだしたミーティアの姿が、シエルに与えた衝撃は大きかった。

（かわわわわわわっ！）

ミーティア様がかわいい。

前々から天使みたいだと思っていたが、これはもう私が認識できる感覚の総量を遥かに超える愛らしさだし、もしすべてを記述しようとすればこの余白では足らなくなってしまう。

さながら、古の数学者のような顔で手帳に愛しさの最終定理を書き込むシエルに、ヴィンセントが言った。

「選ばれてしまいましたね。そこだけは避けてほしかったからこそ、一番下に置いていたのですが」

「ミーティア様は向上心が高くて根が真面目ですからね。口では楽したいと言いながらも、やっぱり一番良い環境で勉強がしたかったんだと思います」

「ですが、魔法国最難関のSランク校というのは……あの学園に入れるのは各地で神童と呼ばれていた子供の中でも一握り。並み居る名家の子息に加えて、王子殿下まで在籍しています。今からでも、考えを変えてもらえないか提案するべきでは」

深刻な顔のヴィンセントに、シエルは首を振った。

「ミーティア様が挑戦したいと言うのであれば、それを見守るのが母としての私の使命です。危険から守るのも大切ですが、やりたいことをさせてあげなくて、それで本当に親の務めが果たせているると言えるでしょうか」

「貴方はミーティア様の母親ではないですよ」

「ちょっと何を言っているのかわからないですね」

不思議そうに首を傾けて言うシエル。

（やはり完全に正気を失っている）

息を呑むヴィンセントだったが、彼女の気持ちがまったくわからないというわけではなかった。

むしろ、自分の中に極めて近い何かがあるのを彼は感じている。

不憫な生い立ちでも、前向きに真っ直ぐに生きているミーティアの持つ魔性の娘力。

子供なのに気遣いを欠かさず、尊敬と愛を持って接してくれるその姿には、気を抜くと実の娘なのではないかと錯覚してしまう驚異的な愛らしさがある。

（いけない……私はプロフェッショナル……自分を制御しないと）

思いだしただけであふれそうになる父性。

皇国のエージェントだった頃に訓練した、感情を制御する技法でヴィンセントは心を落ち着ける。

「問題はミーティア様が入学試験に合格できるかです。魔法国の入学試験は春に行われますが、季節は既に秋。入学するためには編入試験を受けることになります。その難易度は通常のそれよりさらに高くなる」

「落ちてもいいじゃないですか。それも良い経験になりますし、学校に入れなくてもミーティア様の価値はまったく変わりません。もちろん、良い学校を出てくれるとうれしいものではありますが、不登校でも無職でも、二階の床をドンしてごはんを要求するようなひきこもりになっても、私にとってのミーティア様は世界一かわいい愛娘なので」

「たしかにそれはその通りですが、しかしミーティア様は普通の子供とは違う問題を抱えています」

「普通の子供とは違う問題？」

「通常魔法の適性が無いことがわかれば、魔法国全土から冷たい目を向けられることになる。魔法適性こそが人間の価値とされているこの国で、要職に就くことはまず不可能になります」

「たしかに、それは問題ですね……ミーティア様は将来この国を変える資質を持った方ですし、将来の可能性を狭めるわけにはは」

考え込む二人。

部屋を沈黙が浸す。

「あるいは、ミーティア様は我々を試しているのかもしれません」

不意にヴィンセントは言った。

「試している？」

「あえて厳しい状況に身を置く中で、自分を守ってみせろと言っている。これはミーティア様から我々への挑戦であり、同時に我々にも自身のパートナーとしてさらに高みを目指すよう要求されている可能性もあるのではないかと」

「間違いありませんね。ミーティア様は向上心の高いお方ですから。畑で農作業しているときも、いつもより美味しい野菜を目指して研究しておられますし」

「で、あるならばどんな手を使っても我々は期待に応えなければならない」

ヴィンセントは静かに息を吐いてから言った。

「魔法国一の名門校。王室関係者も在学されている厳重な警備態勢をかいくぐり、陰からミーティア様を守り抜く」

決意に満ちた目で窓の外を見つめて続けた。

「我々の存在意義を示すときです」

◇　◇　◇

魔法国唯一のSランク魔法学園入学に向けて勉強を始めた私に、ヴィンセントは「試験問題を入手いたしましょうか?」と言った。

仕事ができすぎるがゆえに、うっかり本物の凄腕エージェントと勘違いしそうになる精度でエージェントなりきりをしているヴィンセントは、あらかじめ学園に潜入し出題される試験内容を入手することも可能だと言う。

(なんというなりきりの精度……!)

息を呑む私だったけれど、その申し出は遠慮しておくことにした。

試験問題をこっそり入手して答えを暗記するのは卑怯な感じがするし、私の目指すかっこいい悪とは違う感じがする。

何より、私が受験するのはこの国で他を圧倒してお馬鹿な学園なのだ。

試験内容は、名前さえ書ければ受かるレベルだろうし、わざわざ対策をする必要もない。

一方で、最高にかっこいい悪女を目指す私は、簡単なテストだろうと手を抜くつもりはなかった。

(みんながびっくりするような点を取って、私が新しいボスだということをわからせてやるのよ!)

そして迎えた編入試験当日。

魔法国の王都にあるアルカディア魔法学園は、王様の住むお城みたいに豪奢で威圧感のある外観をしていた。

智恵の女神様があしらわれた大きな門の先には、庭園が広がり、季節の花が咲き誇っている。

芝は美しく刈りそろえられ、噴水が小さな虹を作っていた。

(お、思っていたよりも綺麗な学校ね)

想像をはるかに超えるきらびやかな外観に戸惑う。

もっとしょぼくて小さい学校だと思っていたのに。

(魔法国最底辺校でこんな設備なんて。どれだけ教育に力を入れてるのよ……)

どうやら、魔法国貴族たちの教育に対する関心は私が想定していたよりもずっと強いものであるらしい。

試験会場は、学園の中心に位置する時計塔の一室だった。

教室で一人、試験の開始を待つ。

先生らしい三人の男性がむっつりした顔で試験監督をしている。

合図と共に試験問題を開いて——私は息を呑んだ。

(なに、この問題……)

まるで、大学を卒業した大人が受ける専門試験のような難易度。

子供が受けるレベルとは到底思えない。

(もしかして、魔法国の学力レベルってめちゃくちゃ高い……?)

最底辺校の試験なのに、全然わからなくて頭が真っ白になる。

(楽してずるしてどころか……やばい、全然まったくこれっぽっちもわからない……)

思い返してみると、同世代の子たちとほとんど接することなく育ってきた私だ。

お母様や周囲の侍女たちは「すごく頭が良い」と言ってくれていたけど、それも優しさから来るもので本当は普通以下のレベルだったのかもしれない。

(終わった……)

あまりの難易度にくじけそうになる。

あきらめそうになる。

声が聞こえる。

『それでいいの?』

答えは決まっている。

(いいわけない)

折角二度目の人生を生きることができているのだ。

私はこの人生を全力で生き抜かないといけない。

苦しいこともある。

でも、だからこそ楽しいことがもっと楽しくなる。

(負けてたまるか……!)

何より、大好きな悪女様は苦しい状況でも決してあきらめない人だから。

くじけそうなところから一歩踏み出す。

そんな心の強さがどんな宝石よりも美しく気高いことを私は知っている。

——私は絶対に楽して手軽に悪女をするんだ。

強い思いを胸に羽根ペンを握り、問題をにらみつける。

解けない問題に何度も心を折られそうになりながら、戦い続けた私が気づいたのは、この問題がそもそも解けるように作られていないということだった。

どういう理由かはわからないけれど、試験問題の中に絶対に解けない問題がいくつか交じっている。

（とりあえず、解ける問題だけ全力で解いて……！）

試験時間である百二十分の間に、できることはやりきったけれど、それでも半分以上の答案が白紙のままだった。

（傲《おご》っていたわね。帰ってもう一度最初から勉強をしないと）

背筋を伸ばし、凛とした足取りで会場を後にする。

負けたときだって、美しく気高く。

こんな試験ができなかったくらいで、私たちの価値は少しも損なわれたりはしないのだから。

（そ、そうよ。たとえ国一番の最底辺校のテストができなかったとしても、全然関係ないし。余裕

だし)

心の声がふるえてしまった。

さすがに、悲しいものがあった。

このまま負けっぱなしで終わるわけにはいかない。

(こうなったらもっと勉強して、絶対に学校で悪女してやるんだから)

強く決意しつつ、学園を後にする私だった。

◆ ◆ ◆

アルカディア魔法学園にある時計塔の一室。

試験監督を務めた三人の男がミーティアが解答した問題を前に黙り込んでいる。

「……どうします?」

「私のミスだ。公表しよう。責任は取らせてもらう」

初老の男の言葉に、向かいにいた大柄な男が首を振る。

「いけません。先生は創立当時からこの学園を支えてこられた方。このようなことで経歴に傷をつけるわけには」

「用意した試験問題を取り違え、一級魔術師試験問題を渡したのは私だ。この試験に向け、懸命に努力してきた彼女を裏切る結果になってしまった。簡単に片付けていい問題ではない」

「しかし、先生のお名前はこの学園の評価にも密接に結びついています。我々全教員、そして学園に大切な子供を預けている貴族の方々からの評価にも関わってくる」

「だったらどうするというのだね」

「なかったことにしましょう。試験を受けたのは少女一人。リュミオール家の娘であることは厄介ですが、もみ消すことは可能です。先生は取り違えたのではなく、用意していた試験問題を彼女に渡した。彼女は解けなかった。誰も疑いを持つことはありません」

初老の男は静かに提案を聞いていた。

何度かうなずいてから言った。

「時に、君は他者からの評価について、どう考える？」

「どう考える、とは？」

「それは価値のあるものだろうか」

「もちろん価値のあるものです。どのように評価されるかが、その人の価値にもつながります」

「たしかにそういう側面もあるだろう。しかし、その価値はどこに結びついているのだろう？　評価する者がどう思うかが重要なのだろうか」

初老の男は言う。

「私は、相手がどう思うかに重きを置く必要はないと考えている。なぜなら、人間の考えというのは狭量で偏見に満ちており、その日の気分によって変わる山の空模様のようなものだからだ。重要なのは外部の評価ではない。その根底にある心の気高さにその人の本当の価値があると私は考える」

「しかし、正直者が馬鹿を見るのがこの世の常ですし」

「だったら馬鹿を見れば良い。偽りの栄誉は必ず失われる。自分が正しいことをしたという自負はそんなものよりずっと価値がある」

「変わりませんね、先生は」

大柄の男は深く息を吐いてから言った。

「わかりました。公表して再試験を受けてもらいましょう」

「ああ。そうしてくれ」

「では、今回の答案は廃棄しますね」

大柄の男が言ったそのときだった。

「待ってください」

三人目の背の低い男が言う。

眼鏡をかけた気弱そうな彼の声は上ずり、かすかにふるえていた。

「どうした？」

「この設問、答えが正しいように見えるのですが」

「は？」

大柄の男は不快そうに眉根を寄せて言った。

「二週間後に行われる一級魔術師試験の問題だぞ。大学院生でも合格率は十パーセント以下。十一歳の子供に解けるわけがない」

「疲れているのかもしれません。先生もチェックをお願いします」

背の低い男は、大柄な男に答案を渡す。

いぶかしげな顔で視線を落とした大柄な男は、そのまま押し黙った。

真剣な顔でそこに書かれた少女の思考を追う。

何度も念入りに読み返す。

「なんで……どうして……」

力ない声が漏れた。

「こんなこと、あるわけが……」

呆然とする男の隣で、答案をのぞき見た初老の男がつぶやいた。

「天才、か」

物憂げに窓の外の学園を見つめて続けた。

「嵐の臭いがするな」

◇　◇　◇

一週間後、学園から届いた封書を私はふるえる手で受け取った。

（ベストは尽くしたけど、受かっている可能性はかなり低いでしょうね）

半分以上が白紙のままだった悔しいテストの記憶。

結果を見るのが怖くて、そのまま開けずに捨てたいくらいだったけど、しかし敗北に向き合わなければ勝利という果実を手にすることはできないと悪女様も言っていた。

（痛みを乗り越えてこそ、真の強さを手にすることができる）

慎重に封書を開ける。

（たとえ、魔法国最底辺の学校に落ちたって、私が世界一クールでかっこいいことには何ら変わりないし）

そうだ。テストなんて全然大したことない。

たとえダメだったとしても、それが将来の飛躍に繋がることだって多くある。

大丈夫と自分に言い聞かせつつ、『ええい、ままよ』と中に入っていた手紙を開く。

そこには『合格』と書かれている。

私は部屋を飛び出して、みんなに「受かってた！」と報告に行こうとする。

ノブを回してドアを開けると、何かにぶつかる鈍い音がする。

「あだっ」と小さな声。

（あれ？　誰かいる？）

不思議に思いつつ扉を開けると、シエルが痛そうに頭をおさえていた。

その隣で、ヴィンセントが無言で額をおさえている。

どうやら、部屋の前で聞き耳を立てていたらしい。

（私の試験結果を気にしてくれてたんだ）

胸の中にあたたかいものが満ちるのを感じる。

頬をゆるめつつ、私は報告する。

「受かってたわ！」

「やった！　やりましたねミーティア様！」

シエルは私をぎゅっとしてくれる。

屋敷の廊下で二人、くるくる回る。

「さすがですね、ミーティア様。独学で魔法国最高難度の学園に合格するとは」

額をおさえながら言うヴィンセント。

（シエルより当たり所が悪かったのね）

勢いよく扉を開けちゃってごめん、と思いながら、『あれ？　何か気になる言葉があったような』と気づく。

「魔法国最高難度の学園？」

「魔法国唯一のSランク学園ですからね。大陸でも屈指の難易度を誇ることで知られています」

「Sランクって一番簡単ってことじゃないの？」

「ご冗談がお上手ですね、ミーティア様は。Sというのは最上級。この国で最も優れていることを示す言葉ですよ」

「…………」

私は無言で虚空を見上げていた。

沈黙が流れた。

シエルは私の頭に頬をこすりつけていた。

ヴィンセントが少し困惑した顔で言った。

「まさか、本当に勘違いを？」

「いいえ、すべてわかってたわ。華麗な私の悪女的冗談よ」

「そうですよね。安心しました」

ほっとした様子のヴィンセント。

（この勘違いは墓場まで持っていきましょう）

華麗じゃない勘違いを人知れず葬り去ろうと決意する。

（なるほど、どうりであんなに難しかったのね）

絶対に解けない解答が存在しない問題が三分の一くらい交ぜられてたし。

予想外の事態だったが、しかし合格できたわけだし前向きに捉えることにしよう。

（運命は私に上を目指せと言っているようね）

やさしくゆるゆるした環境も良いけれど、厳しい環境にもそこでしか育まれない良いものがある。

楽して手軽に悪女したいというのが当初の目的だったけど、運命がそれを望むなら、がんばりすぎない程度にがんばって迎え撃ってやろう。

通常魔法の適性がないことも、バレなければ何の問題も無い。

二度目の人生を送る天才少女な私に隙は無いのだ。

（天才揃いな最高難度学園を攻略して、かっこいい悪女として君臨してやるわ）

私は華麗でスタイリッシュなポーズを取った。

シエルは私の頭の匂いを嗅いで、「ミーティア様はおひさまの匂いがしますね」と言った。

◆　◆　◆

「十一歳で一級魔術師試験の設問を解いた天才だそうですよ」

魔法国王都。

王室が所有する別邸の一室で二人の少年が話している。

「天才なんて掃いて捨てるほどいる。そもそも、神童と称される類いの人間でないと入ること自体できないのがこの学園だから」

美しいブロンドの少年は机に広げた問題集を解きながら言った。

羽根ペンがせわしなく動いている。

「さすが、魔法国第三王子にしてSクラス首席。完全実力制が掲げられた学園の皇帝と呼ばれている殿下です」

もう一人の少年は執事服に身を包んでいた。

整った中性的な顔立ちには、機械のように感情がない。

「お前だって俺に匹敵する天才として、学園の双璧と呼ばれているだろう。俺に首席を取らせるために手を抜いている」

「そんなことは」

「いい。わかっている。俺たちは皆が期待する自分になるために、ただ踊り続けるしかないのだから」

ブロンドの少年は羽根ペンを強く握りしめる。

「この世界は結果がすべてだ。俺は絶対に勝たないといけない。たとえ、どんな手を使ってでも」

執事服の少年の表情に一瞬影が差す。

しかし、それは錯覚だったのかもしれない。

次の瞬間には、元通りの無表情に戻っている。うなずく。

「そうですね。その通りです」

部屋が沈黙に包まれる。

ただ、ペンのはしる音だけが部屋に響いている。

◇　◇　◇

王都にある学園に通う間、私は学園近くにあるリュミオール家の別邸で暮らすことになった。

リネージュの領民さんたちとはしばしのお別れ。

優しいみなさんは入学祝賀会を盛大に開いてくれて、私は誕生日とクリスマスが一度に来たみたいにたくさんプレゼントをもらった。

何より、ありがたかったのはみんなが心から私を気遣い、応援してくれたこと。

「魔法国唯一のSランク校に通うんですよね」

「俺たちでも知ってるような頭の良い学校に合格したなんて」

「すごいです。かっこいいです」

弾んだ声に胸があたたかくなる。

（みんなの期待に応えるためにも、学園で活躍して華麗な悪女として名を上げていかないと）

領主代行としてのリネージュの領地経営は、ヴィンセントの作った通信網を利用して遠隔で行うことになった。

私は一人でも大丈夫と言ったのだけど、ヴィンセントとシエルは有無を言わさぬ早さで「私も行きます」と言った。

「シエルより私の方がミーティア様のことをよくわかっていますので」

「それはありえませんね。私の方がわかっています」

「一ヶ月前の木曜日の夜、ミーティア様は『ヴィンセントのハンバーグが一番おいしい』と言いました。私に一緒に来て欲しいと思っている証左に他なりません」

「は？　私の方がずっと愛が深いんですけど。毎日寝る前にミーティア様日記をつけ、ミーティア様等身大抱き枕を抱えて寝てるんですけど」

ちょっと喧嘩が起きそうになるくらいだった。

一部よくわからない言葉も聞こえたような気がしたけれど、二人とも優しくて素敵な人なので深く考える必要もないだろう。

「他にも、数十名のエージェントを学校周辺に配置しています。必要なときはいつでも呼んでください。制服のボタンにつけた隠しスイッチを押すと、各地のエージェントに指示ができますので」

（え、なにそれ、かっこいい）

普通のボタンにしか見えないそれに、思わず胸が弾む。

すごいなぁ、とくるくる回転させながらなめ回すように見ていた私は、不意にひとつの可能性に気づいてはっとした。

危険な事態でも身を守れるように、という理由であれば他にもかっこいいスパイガジェットを携帯させてもらえるのではないだろうか。

「でも、学校だと一人になっちゃうし少し怖いというかぁ。私も身を守るための武器を持っておいた方がいいんじゃないかなって思うんだけどぉ」

期待しつつちらちらと視線を向ける私に、ヴィンセントは言った。

「問題ありません。学院内に出入りしている清掃員、庭師、整備業者の中にエージェントが既に入り込んでいます。また、私とシエルも時間が許す限り学内に潜入してミーティア様の補佐をする予定ですので」

（か、過保護すぎる……！）

心配してくれるのはうれしいけれど、親に学校までついてこられて一挙手一投足を見られるというのは窮屈だし嫌すぎる。

私は自由な学園生活を手に入れるため、本から知識を収集して都合が良さそうな知識を集めた。

「ヴィンセント、ヘリコプターペアレントという言葉を知ってるかしら」

「教育学の用語ですね。万能の天才と呼ばれた芸術家が構想した空想上の乗り物から着想を得た言葉で、常に子供の周囲を見て回り、問題があればすぐに手を貸す大人は、結果として子供によくない影響を与えるというのが要旨だったように記憶していますが」

「それが今のあなたたちよ」

「そ、そんな……」

愕然とするヴィンセント。

自分が子供に悪影響を与えるよくない接し方に陥りつつあることに、まったく気づいていなかったのだろう。

よくあることだ。

自分のことを客観的に見るのは、他人のことを見るよりずっと難しい。

（よし、効いてる効いてる）

反応を観察しつつ、私は言う。

「私もこれから大人になっていくわけだし、自分の身を自分で守る力を身につける必要があると思うの。だから、ヴィンセント選りすぐりのスパイガジェットを持たせてくれるのが私にとって一番良い選択だと思うのよ」

「……承知しました」

ヴィンセントは使えそうなスパイガジェットを見繕って用意してくれた。

「とりあえず、使いどころがありそうなものを十九種用意しました。まず、こちらペンダントに偽装した鍵を開ける装置です。それから、万年筆型の麻酔銃ですね。首筋にあてれば、グリズリーもすぐに気を失い、三十分は起きることがありません。こちらは押し当てることで敵を感電させられるペンケース。これはブレスレット型のスタングレネードで使い方は――」

一見普通の小物やアクセサリーにしか見えないガジェットの数々を、目を輝かせつつ見つめる。

秘密道具を体中に仕込むと、なんだか自分が物語の登場人物になったような気がした。

（やばい、わくわくが止まらない……！）

物語の中みたいな学園生活を想像してうっとりしつつ、学校に通う準備を整える。

買わないといけないものがいくつかあった。

書面に書かれていた王都の高級衣装店で学園指定の制服と鞄を買った。

（学園指定が高級ブランドって……）

前世で絶賛没落中の貧乏貴族家で生まれ育った私なので、お高い服と鞄にくらくらしてしまう。

（絶対食べ物とか本とかに使った方が良いって……）

このお店で買わないといけない最小限のものだけ購入して、後のものは別の店で買うことにした。

「この近くで一番安いお店を探すわ」

「家計に余裕もありますし、ミーティア様は気を使わなくても大丈夫ですよ？」

「いいえ、シエル。華麗でかっこいい私は買い物にも妥協しないの。常に知的で効率的な選択を追い求めるのよ」

私は通りにあるお店を巡り、値段を比較して最も安いお店を探した。

「閉店セールしてるお店がある！　神は私たちに味方したわシエル！」

「ミーティア様が天使で今日も幸せです」

賢く買い物ができたことに満足する。

閉店セール中の衣料品店で、不意に私の目に留まったのはセクシーな大人の下着だった。

（こ、これはすごいわ……）

なんという大人の色気。

気品とかっこよさを兼ね備えた大人女子の世界がそこにある。

（最近成長してサイズが小さくなったりはまったくしていないけど、精神的には成長しているし確実に大人に近づいているはず）

目を輝かせて私は言う。

「シエル。これが欲しいのだけど」

シエルは瞳を見開いた。

「し、しかし、これは少し大人向けすぎでは」

「やがてかっこいい悪女になる私だから。今のうちから練習しておいた方が良いと思うのよ」

「背伸びしてるところは致死量のかわいさだなとは思いますけど」

「千里の道も一歩から。エロかっこいいセクシーダイナマイトな私になるために、お願い！」

上目遣いでねだると、シエルは『愛しいが過ぎる』と鼻血を吹いた。

二人で試着室に入る。

黒と紫のセクシーな下着を試着する。

「大きいわね」

「大人向けですからね」

「もっと小さいサイズはあるかしら」

「それが一番小さいサイズですよ」

「…………」

私は少しの間考えてから、言った。

「パッドを入れましょう」

「では、買ってくるので少し待っててくださいね」

シエルが買って来てくれたパッドをつける。

「ぶかぶかね」

「ぶかぶかですね」

「三枚重ねてこれなんだけど」

「五枚くらい詰め込めばなんとかなりますかね……でも、ちょっと動いたらとんでいっちゃいそうですけど」

私は小走りした拍子に自分の胸がはじけ飛び、制服の下からパッドが床に落ちる光景を想像した。

「嫌すぎる……」

「ミーティア様は今のままで世界一かわいいです。セクシーもいいですが、今はサイズが合うのを探しましょう。私が一番お似合いのものを見繕いますので」

シエルは弾んだ声で子供用の下着を持ってきてくれた。

結論から言うと、私に合うのは一番小さいサイズの子供向けの下着だけだった。

くまさんのキャラクターが描かれた下着だった。

シエルは『ミーティア様かわいい。えへへ』と幸せそうだった。

私は悔しくて目の縁に涙を浮かべつつ、いつか必ずリベンジすることを誓った。

準備を整えて迎えた登校初日。

シュガートーストに、目玉焼きとベーコン。ホットミルクを飲んでエネルギーを充電し学園に向かう。

（ふっふっふ。ここから、私の華麗なる学園生活が始まるのよ！）

心の中でかっこいいポーズを取って頬をゆるめつつ、私は弾むような足取りで学校へと向かった。

アルカディア魔法学園は、魔法国屈指の広大な敷地を持つ学校だった。

通常の授業が行われる二つの大きな建物に加えて、三つの実験棟と七つの演習用施設。

水魔法の練習をするためのプールに、一万を超える蔵書が貯蔵された図書館。

あらゆる施設においてその水準はすべて、魔法国最高のものだと自負していると案内してくれた先生が話してくれた。

(さすが天才揃いな魔法国最高難度学園)

優秀な人たちが卒業してる分、寄付金も国一番の額を誇っているとヴィンセントが話していたことを思いだす。

「ミーティアさんのような優秀な生徒を迎えられてすごくうれしいです。我が校は魔法国随一の歴史と伝統があり、活躍している卒業生も多い。第一王子殿下と第二王子殿下もこの学園を卒業されたのですよ」

優しげな眼鏡の先生が言う。

「完全実力主義の校風と競争が生徒の自主性を育み、その能力を余すところなく引き出しているがゆえのことでしょう。他にも、大臣や国の要職のほとんどがこの学園の出身者で占められています」

(ヴィンセントが言っていた通りね)

アルカディア魔法学園は、十歳(十一歳)で入学し、十七歳(十八歳)で卒業する八年制の学校だ。

この学園の特徴は徹底した実力主義。

成績によってすべての生徒が順位付けされ、その結果によって二ヶ月ごとに所属するクラスも変更になる。

Sクラスは魔法国最高学府に匹敵する設備と環境が与えられている一方で、最下位のFクラスは設備の劣る環境で授業を受けないといけない。

この露骨な実力主義は生徒の競争意識を促し、社会で戦える人材を育んでいる一方で、生徒の精神的負担は大きくなり、不登校や中途退学者も魔法国で一番多いのだとか。

「ミーティアさんにはSクラスに編入していただきます。順位は便宜上Sクラス最下位になっていますが、ミーティアさんの実力なら上に上がれる可能性は十分にありますので」

(最高難度学園の最上位層……テンション上がってくるわね)

たくさん悪女してやるぞ、と胸を高ぶらせながら先生の後に続く。

案内されたSクラスの教室は、学園の中心にある時計塔の中心にあった。

他のクラスが北棟と南棟に置かれているのに対して、各学年Sクラスの教室はそのすべてが特別待遇。

各学年のSクラスが並ぶ一画は、まるで王侯貴族の居室のように豪華絢爛だった。

「こちらです」

ウォールナットの扉が開く。

私が編入する一年生のSクラスは、独特の空気が漂っていた。

みんな背筋を伸ばし、教卓に立つ先生を真っ直ぐに見つめている。

その表情からは、厳しい競争を勝ち抜いてきた自信と自負が感じられた。
（いいわね。相手にとって不足なし）
口角を上げる私の隣で先生が言う。
「新しい編入生を紹介します」
うながされて、黒板に名前を書く。
「ミーティア・リュミオールです。よろしくお願いします」
華麗な所作で一礼して顔を上げる。
冷たい瞳の群れに親しみの気配は少しも無かった。
まるで敵を見るような視線。
（想像以上の敵意……）
完全実力主義の学園ならではの光景。
ひりついた空気。
しかし、だからこそ私の胸は弾んでいた。
（これ、悪女様が貴族社会で警戒されてるのと同じ状況だわ！）
強者として実力を認められているからこその反応。
（みんな私の圧倒的オーラに怯えているようね）
澄まし顔で用意されていた席につく。

こうして迎えた学園生活初日。

その授業内容は、私が想像していたレベルを超えていた。

先生は当然のように説明を省略するから、ついていくのが精一杯。

休み時間も残しておきたい情報をノートにまとめているうちに終わってしまう。

（さすが最高難度学園のSクラス。なかなか歯ごたえあるじゃない）

練習してきた悪女らしい不敵な笑みを浮かべつつ、黒板の内容をノートに書き写す。

「ごめん消さないで。ノートまだ取ってる途中だから」

黒板を消そうとする日直の女の子に、前の席に座った男の子が言った。

（ありがたい。私もまだ書き終わってないから）

心の中で感謝していると、日直の女の子が男の子に言った。

「悪いけど時間無いから」

日直の女の子は容赦なく黒板を消してしまった。

（ふむ。世知辛いわね）

クラスにはギスギスした空気が漂っていた。

仲の良いグループもあるようだけど、競争相手として隙あらば蹴落とそうとしている子たちも多くいる様子。

（競争に囚われて人として大切なことを見失っている。ぶっ飛ばし甲斐がありすぎて興奮してきた

わ）

にやりと笑みを浮かべつつ、悪女としてどう行動するべきかを考える。

（とりあえず、話しかけられたときのために悪女っぽい返しを用意しておきましょう）

万全の準備を整えて、クラスメイトが話しかけてくるのを待つ。

しかし、予想外なことに休み時間になっても誰も私に話しかけてこなかった。

みんな次の授業の準備に追われている様子。

（人を気遣う余裕とか全然なさそうな感じね）

加えて、二ヶ月ごとにクラス替えがあるから知らない生徒がクラスにいるのも彼らにとっては特別なことではないのだろう。

仲良くなっても二ヶ月で別のクラスになったら意味が無い、という思いもあるのかもしれない。

午前中の授業はあっという間に過ぎていった。

迎えたお昼休み。

時計塔にはSクラス専用の学食があって、多くの生徒たちがここで食事をする。

（一人で食べるのも味気ないわね。誰か、一緒に食べられそうな子は）

行き交う上級生たちの中で、同じクラスにいた子の姿を探す。

目に留まったのはクラスで斜め前の席にいる女の子だった。

背が高く大人びた印象の彼女は、都会的でおしゃれな空気感を纏っている。

ふわりと弧を描く巻き髪に、首元に覗くネックレス。

不良っぽくて少し話しかけづらい空気を纏った彼女を、私は心の中でクールビューティと呼んでいた。

（悪い子感があるのは悪女になりたい私的に好印象。一人でいるみたいだし、これは大チャンス）

『Sクラス専用豪華ランチ』が載ったトレイを手に、近寄って彼女に話しかける。

「一緒に食べてもいいかしら」

クールビューティは顔を上げた。

やっぱり美人さんね、と感心する私に、冷ややかな声で言った。

「なんであんたと食べないといけないの」

刺すような視線。普通の子なら怖くて怯んでしまうだろう強烈な敵意。

しかし、私は胸の高鳴りを感じずにいられなかった。

（この子、悪女力が高いわ！）

もしかしたら同じ趣味の持ち主だろうか。

あるいは、学園における悪役令嬢的ポジションの子なのかもしれない。

興奮を押し隠しつつ、冷静に言葉を選ぶ。

「私が貴方と食べたいからだけど」

「なんで？」

「貴方が一番私にふさわしいと思ったから」

クールビューティはいぶかしげに私を見つめた。

私の背後にある何かを見通そうとしているみたいだった。

それから、深く息を吐いて言った。

「やめた方が良いよ、編入生。私、クラスで浮いてるから」

意外な言葉だった。

私はクラスで一番おしゃれで良いセンスをしてると思うのだけど。

「なんで浮いてるの？」

「父親が問題起こして捕まったの」

「問題？」

「裏でお金を配ってたとかそういう感じ。まあ、私は一人が好きだし友達とかそういうのいらないんだけど」

うんざりした声で言ってから続ける。

「話しかけるなら窓際のテーブルに居るあの子にしときな。Ｓクラスには珍しい、人間ができた優しい子だから」

視線で示した先に居る女の子を見つめる。

優しそうな垂れ目が印象的な子だった。

友達も多そうだし、たしかにあの子に話しかければ仲良しグループの輪の中に入れてもらえるのだろう。

私は少し考えてから言った。

「わかった。私、貴方と食べることにするわ」

「……は？」

クールビューティは怪訝な顔を私に向けた。

「話聞いてた？　私はあんたと食べたくないって言ってるんだけど」

突き放すような口調。

でも、だからこそ私は彼女に好感を持った。

クラスで浮いていてつらい状況であるにもかかわらず、編入してきた私のために一番良い選択をさせようとしてくれる。

あえて嫌われようとしていた、その裏には優しさと芯の強さが感じられた。

何より、華麗な悪女の友達なら、人気者より嫌われ者の方がずっと良い。

「貴方がどう言おうと、誰にどう思われようと関係ない。私は貴方が気に入ったの」

私は彼女の向かいの席に座りながら言った。

「私はミーティア・リュミオール。貴方は？」

クールビューティはケイト・フィルスレットという名前だった。

「いや、意味わかんないし。絶対やめた方が良いから」

ツンツンしていて愛想なんて欠片もない反応のケイトだったけど。

「私は貴方が気に入ったの」と言ってしつこく話しかけていると、最後には一緒に食べることを許してくれた。

「あんた、ほんと変わってるわ」

私はケイトから学園についていろいろなことを教えてもらった。

学歴と魔法適性を何よりも重要視する貴族社会の考え方は、その子供たちの人格形成にも強く影響し、誰もが学校内での順位を上げるために血眼になって勉強していること。

AクラスからCクラスが並ぶ北棟は別名上層と呼ばれ、DクラスからFクラスが並ぶ南棟は、下層と呼ばれていること。

「特に今週末は魔法の発動と制御の実技演習があるからね。この演習の結果は来月末のクラス替えにも影響する」

「なんか大変そうね」

「それはもう」

ケイトはため息をついてから言う。

「ミーティアは余裕ありそうだね」

「別に成績悪くても、人間としての価値はそんなところじゃ測れないし」

ケイトは目を丸くした。

「でも、クラス順位最下位ならなおさら結果を出さないとやばい状況だと思うけど」

「そうなの?」

「Aクラスに落ちたら都落ちとか陰口叩かれるし」

「なにそれ陰湿……」

「そんな子ばっかりだよ。親たちは学歴大好きだし、学校の成績が子供の価値だと思ってる。子供がこの学園のSクラスにいることを自分の手柄みたいに周囲に自慢しながら、子供には絶対に落ちるなよって圧力をかけるの。そんな親の子供として育ってる子たちだからね。そりゃ性格だって悪くなる」

ケイトは肩をすくめて続ける。

「私たちがいるのは最難関校で最も優秀な生徒たちが集まっているSクラス。在籍してるだけでみんなに自慢できる名誉と栄誉がここにはあって、だから親たちは子供をこのクラスに入れるために必死なの」

にっこり細められた綺麗な目がやけに印象に残った。

「そういう最高にくだらないところにいるんだよ、私たちは」

それから、ケイトは私たちがいるSクラスのことを教えてくれた。

ギスギスした小競り合いの多い学園だけど、本当に優秀な最上位層の子たちには余裕があって、下々の生徒とは違うオーラがあること。

中でも、入学以来常にSクラスで一位を記録している第三王子――フェリクス・フォン・エルミア殿下は、一般の生徒とはまったく違う世界の住人であること。

「第三王子の上、Sクラス首席だからね。一度も二位になったことがないんだから。公務があるから欠席している日も多いんだけど、まあいろいろと雲の上の人って感じ」

ケイトがそう話していた理由は、公務を終えて午後から学園に登校した彼の姿を見て一目でわかった。

金糸のような髪。

幾多の浮名を流す第二王子殿下に似た整った顔立ち。

私と同じ十一歳なのに、すらりと伸びた背筋と凛とした立ち姿は、大人以上に大人であるように見えた。

彼の周囲には常に人だかりができていた。

公務に関係する大人たちや先生。

加えて、仲良くなりたいと近づく生徒たちもたくさんいる様子。

（たしかに、雲の上って感じね）

彼の隣には、優雅な所作の男子生徒が常に付き添っていた。

エドウィルド公爵家嫡男ロイ・エドウィルド。

家族柄、主従的な関係にあるのかもしれない。

(彼もかなり頭が良さそうね)

クラスの順位的にはフェリクス王子が一番らしいけれど、本当はロイくんの方が頭が良いのではないか、となんとなくそんな風に感じた。

「あと、近頃話題になってるのはＦクラスの編入生かな。平民出身らしいんだけど、他の人には使えない光属性の魔法が使えるんだって。先生や王子殿下も興味を持ってるって話で」

(すごい主人公っぽい子がいる……！)

私は身震いせずにはいられなかった。

幾多のロマンス小説を読んできた私の勘が言っている。

これ、絶対王子殿下に気に入られて「おもしれー女」ってなるやつだ。

そう考えてみると、ロイくんもかっこよくて人気のある攻略対象って感じがする。

(神が言っている……ここで華麗なる悪女になれ、と)

ロマンス小説的には悪役令嬢が求められていそうだけど、そんなありがちな話に収まるような私では無い。

大好きな小説の悪女様みたいに、メインキャラの影が薄くなっちゃうくらいに華麗でかっこいい悪女ぶりを見せていかなければ！

作戦を立てるため、私はケイトを屋上へと連れて行った。

鍵がかかっていて入れなかったので、屋上の扉の前にある踊り場のようなスペースで会議をすることにした。

「よく来たわね、ケイト」

「いや、あんたに連れられて来たんだけど」

「計画を始めるときが来たわ」

屋上の扉の前でくるりと反転して髪をかみ上げる。

ワイングラスで学食のブドウジュースを飲んだ。

「そのワイングラス持ってきたの？」

「計画を成功させるためには入念な準備が必要なの」

私はワイングラスを揺らして香りを楽しんでから、予備の机に腰掛けて足を組む。

「近い将来、私は王子殿下と敵対することになる」

「敵対？　どうして？」

「そういう運命なのよ。私と彼は世界に呪われてるの。決して同じ道を歩くことはできないのよ」

重要な秘密を明かすシーンのように物憂げな顔で深く息を吐く。

本当は、ただ悪女的に敵対してる方がかっこいいからなのだけど、もちろんそんな本音は言わない。

「複雑な事情があるんだね……」

ケイトは驚いた顔で言った。

「仲良くすることはできないの？」

「できないわ。残念だけど仕方の無いことなの。そして、Ｆクラスの編入生とも私は敵対することになる。あの子は、この国を揺るがすほどの才能を持っている。そして、私にとって生涯の宿敵になる」

「ミーティアは未来が見えるの？」

「……わかるのよ。どうしようもなくわかってしまう」

私は目を伏せてから視線を上げる。

「ケイトには私に協力してほしいの。こんなこと頼めるのケイトしかいないの」

「よくわからないけどいいよ。面白そうだし、協力する」

うなずいてくれるケイトに頬をゆるめる。

早速一人目の仲間ができて計画の滑り出しは順調。

（さあ、ここから始まるのよ！　私の華麗なる悪女な学園生活！）

ワイングラスを手にかっこいいポーズを取る私に、ケイトは少し笑ってから言った。

「でも、ほんと余裕あるよね。次の授業は来月のクラス替えにも関わる実技演習なのに」

「そういえば、なんか大事な授業なんだっけ」

いろいろあったからすっかり忘れていた。

大事だと噂の今週最後の授業。

「どういう授業なの？」

「『魔法の発動と制御についての実技演習』で、今回は一般攻撃魔法がテーマ。私、攻撃魔法苦手なんだよね。適性ある属性も土魔法でちょっと地味というか」

「私は土魔法すごくいいと思うけど」

良い作物を育てるために土はすごく大事だし。

「ありがと。四ヶ月前は七十位とかだったんだよね。Sクラスどころかクラスでも下の方っていう……今回はせめてもうちょっと良い順位取らないと」

苦々しげに言ってから、ケイトは私の顔を見る。

「ミーティアは攻撃魔法得意？」

「攻撃魔法ね。私は――」

そこまで言って気づいた。

『生活魔法以外の適性がまったくない。わかるか。お前は私の顔に泥を塗った。リュミオール伯爵家の名を汚したんだ』

……私、攻撃魔法使えないじゃん。

底辺校ならごまかせると思っていたけど、勘違いでうっかり入ってしまったのは最上級レベルの魔法学園。

生活魔法だけで乗り切れるレベルじゃないのは間違いない。

（い、いったいどうすれば……）

「み、ミーティア大丈夫!?　白目剝いてる上に汗が滝みたいに出てるけど」

「だ、大丈夫よ。何も問題ないわ」

「全然大丈夫に見えない……」

予鈴が鳴って、二人でSクラスの教室に戻った。

「今日は『魔法の発動と制御についての実技演習』を行います。まずは演習場に移動しましょう」

先生に連れられて演習場へ。

「今月の演習は、範囲攻撃魔法の発動と制御について。みなさんにはこれから、指定場所に置かれた二十八の魔力測定球に対して、範囲攻撃魔法を放ってください。補助魔法以外であれば、複数の魔法を使っても構いません。測定球すべてに与えたダメージ量と発動までにかかった時間によって点数が決まります」

（範囲攻撃魔法って攻撃魔法の中でも高難度のやつ……）

説明を聞きながら、心の中で頭を抱える。

（普通の攻撃魔法さえ使えないのに……私の学校生活終わったかもしれない）

後の展開は考えなくても予想できた。

『いけ！　攻撃魔法！』

『なんだね、その小さい火は』

『煙草に火を付ける魔法です』

『生活魔法ではなく攻撃魔法を使う課題だと伝えたはずだが』

『攻撃魔法使えなくて……』

『退学。絶望的な無能として魔法界出禁』

『学園生活終わった……！』

いけない。

そんなことになってしまったら、最後の思い出作りとして先生の顔面に『お世話になりましたパンチ』を助走付きでお見舞いしてしまうかもしれない。

(折角かっこいい悪女な学園生活が送れそうな感じが出てきてるのに……どんな手を使っても絶対にごまかしきらないと)

乗り切る方法を考えつつ、出席番号が早いクラスメイトが試験を受けるのを見守る。

テニスコートくらいの広さがある、石造りの壁に覆われた区画。均等に置かれた二十八の測定球に向け放たれた魔法の衝撃は、離れたところで見守る私たちの髪を揺らす。

最難関校のSクラス生というだけあって、その攻撃魔法は大人のそれさえ優に超えているように思える質と精度。

平均して二十の測定球が、測定限界の値を示していた。

レベルが高すぎる、とふるえる私だけど、他の生徒は当然のように見守っている。

「次、ケイト・フィルスレット」

ケイトは所定の位置に立つ。

始めの号令とともに、橙色に発光する魔法式を起動した。

放たれたのは土の礫を放つ範囲攻撃魔法。

範囲の広さは良かったけど、測定限界を示した測定球は七つだけだった。

「七つだって」

「Sクラスにいて恥ずかしくないのかしら」

ひそひそとした声が聞こえる。

近づいて出迎えると、ケイトはこめかみをおさえて言った。

「座学ならもっとできるんだけどね」

「気にしなくて良いって。ケイトにできるベストを尽くすのが大事だと思う」

攻撃魔法自体使えない私からすれば、範囲攻撃魔法が使える時点で大分すごいし。

続いて、定められた位置に立ったのはロイ・エドウィルドだった。

第三王子殿下の傍に控えるエドウィルド公爵家嫡男。

起動する黄金色の魔法式。
放たれた電撃魔法に、私は息を吞んだ。
視界を白く染める稲妻の光。
昼の光よりも明るいそれが閃いた刹那、轟音と地鳴りが鼓膜を叩く。
それは誰が見てもわかるくらい明らかに別格の魔法だった。
測定限界を示した測定球は二十七。
もちろん、ここまでの最高記録だった。
（でも、これよりもSクラス首席の第三王子はすごいのよね）
いったい、どんな魔法を使うのか。
幸い、第三王子の順番はすぐにやってきた。
輝く青の魔法式。
一瞬何かの気配がして、その光がさらに強くなる。
次の瞬間、演習場のすべてが凍り付いていた。
酸素が液状化した青い液体が氷の表面を濡らす。
二十八の測定球すべてが測定限界を示していた。
「す、すごい……」
誰もが息を吞む中、私は何かひっかかりのようなものを感じていた。

(一瞬何か、おかしな魔力の気配みたいなのを感じたような)

しかし、それは本当にかすかなものだったし、勘違いである可能性も十分にあるように思う。

クラスメイトと先生も気づいていないようだし、多分気にするほどのことでもないのだろう。

何より、私はこの演習を乗り切る方法を全力で考えないといけない。

「次、ミーティア・リュミオール」

名前を呼ばれて、顔をしかめる。

よりにもよって、最高記録が出た後なんて。

クラスメイトの魔法を見ながらヒントを探していたけれど、乗り切る方法は何も思いついていない。

このままいけば、『え？　なにあのしょぼすぎる魔法』といたたまれない空気になってしまうことは必至。

そのまま退学になって、魔法界出禁なんてことも十分にあり得てしまう状況。

「あの子、棒立ちよ」

「自信なくしちゃったのかしら」

くすくすと笑う声が聞こえる。

(何か……何か方法は……)

一般攻撃魔法よりも出力が低い生活魔法で、広範囲に大きなダメージを与えるにはどうすればいいか。
不意に頭をよぎったのは、勉強中にそんなことあるんだ、と感心したある現象だった。
（あれを使えば――）
はっとする。
小さなアイデアの種を脳内で育て、形にする方法を組み上げていく。
冷たい声で教師が言う。
「ミーティア・リュミオール。早く始めなさい」
せかしてくる先生を受け流して、時間を稼ぎつつ定められた位置に立った。
（可能性はあるはず。あとは、私にできる最高のものをぶつけるだけ）
目を閉じる。
呼吸を整える。
意識を集中する。
（行け！　私の退学回避魔法！）
瞬間、起動した魔法式が鮮やかな光で周囲を染め上げた。

◇　◇　◇

その日、ミーティア・リュミオールに注がれる周囲の視線には好奇の色が強く含まれていた。

一級魔術師試験の設問を解いたと話題の編入生。

いったいどういう魔法を使うのか。

クラスメイトたちはもちろん、教師の間でも関心は強く、中には空き時間を利用して見学に来ている教師も数名いる。

（お手並み拝見ってところかな）

測るような目で見つめるクラスメイトがいた。

（大したことないに決まってる）

敵を見るような目で見つめるクラスメイトがいた。

（独学って話だけど、果たしてどこまでできるのか）

興味深く見つめる教師がいる。

他の生徒のときとは違う独特の緊張感が周囲を包む。

砂礫が転がる音さえ聞こえそうなくらい静まりかえった演習場で、ミーティアが起動した魔法式は自分たちが知る魔法とはまるで違っていた。

範囲攻撃魔法のそれとはまったく違う簡素な魔法式は生活魔法に似ていて、しかし一般に知られているそれとも違う精巧な工夫と仕掛けが随所に施されている。

何より、異常だったのはそこに込められる規格外の魔力量。

破砕寸前の魔法式をギリギリのバランスで制御する小柄な少女。

次の瞬間、測定球を包むように広がったのは白く小さな何かの群れだった。

雪のようなそれは、どんどんとその勢いを増していく。

群れからはぐれたひとひらを手ですくった教師は、その粉の正体を理解して困惑した。

（砂糖？　どうして砂糖なんて……）

少量の砂糖を作り出す生活魔法は存在する。

彼女の魔法はそれの応用。

魔法式を効率化し、出力と発生させる量を異常なまでに強化させたもの。

しかし、砂糖を発生させたところで測定球には何の効力も示すことはできない。

（いったい何を……）

困惑しつつ見つめていた教師は、彼女が掃除に使う風魔法を使って、砂糖を巻き上げていることに気づいてはっとした。

（まさか――）

次の瞬間、閃いたのは視界を覆う強い光。

爆発を伴う熱風と衝撃波。

地鳴りと鼓膜を叩く轟音。

殴りつけるような熱風に後ずさる。

空まで届くほどの赤黒い炎の柱が演習場を包んでいる。

間違いなく今日の最高記録に匹敵する火力。

最も端に位置するひとつを除く、二十七の測定球が測定限界を計測していた。

どこにでもある粉砂糖。

しかし、ある特定の条件下でそれが大事故をもたらす現象がある。

巻き上げられた粉塵が、空気の接する面が増えることによって爆発的に発火する自然現象——粉塵爆発。

他のSクラス生が放った炎魔法を超える爆轟を披露した小柄な少女は、なんでもないことのように長い髪を翻した。

◇　◇　◇

粉塵爆発を利用して、今日一番の大爆発を引き起こした私は、別に普通のことですけど、という顔でケイトのところへ戻った。

こういう顔をしていた方が、周囲から見るとより強そうな感じが出るから。

様々な思惑が交錯する学園で、最強の悪女になるためにイメージ戦略は重要。

息を呑むクラスメイトたちの視線を受け流しつつ、余裕ある優雅な動きを意識する。

ここぞとばかり強そうな悪女アピールをしていた私だけど、実際のところ頭の中にあったのはひとつの思いだった。

（お、思っていたよりすごいことになっちゃったわ）

粉塵爆発という現象は知っていた。

そんなことあるんだ、と感心したのが印象的な記憶として残っていて。

私の魔法でも再現できるかも、と思ってかっこよく使う方法を妄想したことがあったのだけど。

しかし、ここまで大変な爆発が起きるなんて。

（自然の力ってすごい……）

内心びっくりしつつ、強くてミステリアスな感じの演技を続ける。

「すごいよ、ミーティア！　炎魔法クラス一位だよ！」

弾んだ声で迎えてくれるケイト。

（いけない……褒められるとうれしくて悪女フェイスが……）

緩みそうになる頬を、懸命に押しとどめる。

その魔法は、周囲の私を見る目をはっきりと変えた。

どうせ大したことないでしょとか陰口を囁いていたクラスメイトも、燃えさかる炎の柱に何も言えなくなってしまった様子。

授業が終わった後周囲の私に対する評価は『一級魔術師試験の設問を解いたらしい編入生』から、

『演習場を消し炭にする寸前までいったやばい子』に変わったみたいだった。

（アウトローな悪い子感がいいわね！　私好み！）

期待以上の評価に頬をゆるめる。

こうしてまた一歩、学園の華麗なる悪女に近づいた私だけど、やがて敵対することになる（という設定の）第三王子に比べるとまだ格下である感じが否めなかった。

想定以上に大爆発だった演習の成績でも勝てなかったし。

（でも、あれだけの爆発で測定球がひとつ限界値に到達してなかったのも不思議なんだけど）

思えば、私と同じ成績だったロイくんのときも同じ測定球が残ってたんだっけ。

一番端にあるから自然なことなのかもしれないけど、少し気になる一致であるようにも感じる。

そんなことを考えつつ、トイレの個室で座っていると、外から聞こえるのはクラスの女子たちの声。

「フェリクス殿下かっこよかったわね！」

「あのクールな横顔がたまんないのよね！」

「わかる！　私的には、ロイくんを見ているときの目が本当に好きで――」

（ぐ……第三王子め……めちゃくちゃモテてやがる……）

学園カーストの頂点に立つ王子様。

今はＦクラスにいるという主人公と並び立つ彼と、悪女として競い合うためには私ももっと周囲の評判を上げる必要がある。

（私もモテを意識してみるか）

私は大人の魅力あふれる悪女な動きでクラスの男子たちを誘惑した。

効果が表れたのは掃除の時間だった。

クラスの男子たちが、隅っこの方で集まって私の話をしていたのだ。

「俺、思うんだけどミーティア・リュミオールってさ」

いったい何を言っているのだろう。

さりげなく距離を詰め、全神経を集中して彼らの声を聞く。

「なんか、恋愛対象には絶対ならない感じあるよな」

「わかる。小さいもんな」

「うん。何もかもが小さい」

私は唇を噛みしめた。

どんな手を使っても、この邪知暴虐なクラスメイトどもを駆逐しなければならないと決意した。

「その点、フィルスレットさんはかわいいよな」

「わかる。大きいもんな」

「うん。何もかもが大きい」

ケイトはモテているみたいだった。

なぜ神は不平等に我々を作ったのか。

(まあ、友達が褒められてるのは悪い気しないけど)

問題は、ここからどのようにして華麗で悪女な学園生活を構築していくか。

(まずは王子殿下とのファーストコンタクトから)

事前準備として、私は彼の周辺情報を集めた。

公務が忙しく、週の三分の一は学園にいないこと。

学園にいる時間も頻繁に大人が声をかけにきて、かなり忙しそうな日々を送っていること。

家柄、顔、財力、地位などの理由で彼に近づきたいと狙っている肉食系女子たちがたくさんいて、毎週のように裏庭に呼びだされて告白されていること。

時々、人気の少ない研究棟の非常階段に座って一人で黄昏れたり、小鳥にパンくずをあげたりしてること。

私は彼に対して、最も悪女感が出る出会い方を研究した。

ロマンス小説の悪役令嬢的には、近づこうとしてうまくいかない感じがよくある形だろうか。

(勇気を出して想い人に話しかけるけど報われない悪女様……ありだわ)

私が大好きな小説の悪女様も、ずっと想ってる人との恋愛は最後まで報われなかった。

そういう切ない内面を心に秘めているからこそ、それでも凛として生きようとする姿がさらにかっこよく見えるのだ。

（この手のイベントなら、簡単に形にできそうね）

王子殿下に近づこうとして袖にされた女子は学園内にたくさんいる。

靴箱や机の中には恋文が毎週のように届き、もはや殿下に告白されて振られるのが学園の女子たちにとってひとつの流行みたいになっている様子だった。

これなら、出会いイベントをこなすのは容易なこと。

流行に乗ってさくっと告白して振られちゃえばいい。

「こ、告白するの!?」

これからの作戦を伝えた私に、ケイトは目を見開いた。

「でも、ミーティアはフェリクス殿下と話したこともないんじゃ」

「話したことないし、正直名前も覚えてないわ」

「名前も覚えてないのに好きなの？」

「好きじゃないけど」

「好きじゃないの!?」

ケイトは困惑した顔で言った。

「好きじゃないのに、どうして告白するの？」

「私が私の道を進むためにここで振られておく必要があるのよ」

「振られておく必要……？」

怪訝な表情で首を傾けていたケイトは、何か思いついたような声で続けた。

「……なるほど。そんなこと言いつつ、本当は一目惚れしちゃったって感じか」

「全然まったくこれっぽっちも好きじゃないけど」

「大丈夫。わかってるよ。私、応援するから」

ケイトは姉のものだと言うアクセサリーとメイク道具を持ってきて、私にお化粧をしてくれた。

「お姉ちゃんの部屋からこっそり持ってきたの。任せて。最高にかわいくしてあげるから」

屋上前で、ケイトに身を委ねた。

やわらかい筆先がまぶたをくすぐる。

できあがった自分を手鏡で見て、私は息を呑んだ。

(どう見ても殴られた翌朝の顔だわ……！)

「ごめん、もう一回！　もう一回チャンスを頂戴！」

どうやら、他人にメイクをするのは初めてだったらしい。

加えて、使ったことのないお姉ちゃんのメイク道具を使った結果、加減がわからなくなってしまったとのこと。

「今度は、私が普段してる感じでするから」

失敗したメイクを落として、再挑戦。

できあがった鏡の中の姿に、私は胸の高鳴りを抑えられなかった。

（すごい……私もケイトみたいなおしゃれさんに！）

いつもより綺麗になった自分にうきうきしつつ、ばっちり準備を整えた私は、適当にそれっぽい恋文を書いて、時計塔の裏にある人気の少ない池の前に殿下を呼びだした。

「よく来たわね」

吹き抜ける風が髪をさらっていく。

現れた王子殿下の瞳には、一切の感情が無かった。

まるで、退屈な長話を聞いているときのように。

この人にとってこの邂逅《かいこう》は、数え切れないほど繰り返された日常の一コマにしか過ぎないのだろう。

最初は甘いドロップも、毎日舐めてるとすっかり飽きてしまう。

（これなら、予定通りイベントをこなすことができそうね）

私は心の中で安堵しつつ、フェリクス王子に言った。

「私は貴方にまったく興味がないわ。でも、貴方が望むなら付き合ってあげてもいいわよ」

（よし、決まったわ！）

心の中で拳を握る。

上から目線でかわいげのない、失敗率１００パーセントの告白だった。

興味がないという言葉も照れ隠しではなくて、心からの本心から放たれた言葉。

もし彼が世界一クールでかっこいい私に気があったとしても、こんな告白をされたら「この子ないな」ってなること間違いなし。

(また一歩、理想とする悪女に近づいてしまったわね)

澄まし顔で返事を待つ私に、フェリクス王子は言った。

「わかった。よろしく頼む」

(……………………ん?)

聞き間違いだろうか。

なんか、絶対に言われてはいけない言葉が聞こえた気がする。

「えっと、今なんて?」

戸惑いつつ聞き返す。

「望むなら付き合ってくれるのだろう」

フェリクス王子は言った。

「よろしく頼む」

「……………へ?」

第二章 ✦ 学園生活

振られるために告白したら、なんか成功してしまった。

まったく想定していない事態に、私は頭を抱えることになった。

「すごいよ、ミーティア！　あの王子殿下に告白してＯＫもらえるなんて！」

ケイトは声を弾ませて祝福してくれたけど、とても喜んでいられるような状況ではない。

「違うのよケイト……私は振られないといけなかったの」

「どういうこと？」

「理想の未来を手にするために告白して振られる必要があった。私は失敗した。早急に運命を修正しないといけない」

「……そういえば、世界に呪われてるって言ってたね。決して同じ道を歩くことはできないって」

ケイトは唇を引き結んで言った。

適当にそれっぽいことを言っただけなのだけど、ケイトの中では印象的な言葉として記憶されていたらしい。

「不幸な運命に向かう結ばれてはいけない二人……」

ケイトは私の手を握って続けた。

「私、応援する！　諦めちゃダメ。運命に負けないで！　絶対に幸せになれる未来にたどり着けるはずだから！」

「違うから！　その未来にたどり着いちゃダメだから！」

「自分は身を引いて、好きな人を幸せにしようとしてるのね……」

ケイトは瞳を潤ませていた。

完全に勘違いされている。

（まずは状況を把握しないと）

翌日、私はフェリクス王子を屋上前に呼びだした。

「何のつもり？」

「何が言いたいのかわからないが」

「どうして告白を受けたのか聞いてるの」

「俺がそれを望んだからだ」

「私のことを名前も知らないくせに？」

「名前は知っている」

フェリクス王子は言った。

「兄が前に話していた。リュミオール伯爵領リネージュを救った領主代行。子供とは思えない知性と才覚の持ち主だと聞いている」

「……そう。知っていたの」

私はため息をついてから言った。

「私は貴方のことを名前も覚えてないわ」

「だろうな。恋文の名前も綴りが違っていた」

「なのに、どうして私の告白を受けたの」

「今まで告白してきた誰よりも、お前が俺に興味を持っていなかったからだ」

フェリクス王子は言う。

「手紙を読んで驚かされた。とても告白する相手に渡すものとは思えない。その八割が鮮度の良い野菜の見分け方の記述に費やされている」

「書くことがびっくりするくらいなかったの。仕方ないでしょ」

「俺はお前に興味を持った。利用価値があると思った」

「利用価値？」

「告白を避けるための風よけとして。毎週のように話したこともない相手に呼びだされて、泣かれるのは楽しいことではない」

「別に、行かなければいいでしょ」

「この国の王子としての立場上、余計な恨みを買うリスクは避ける必要がある」

フェリクス王子は口角を上げて言う。

「俺はお前に対して好意をまったく持っていないし、今後持つこともない。恋愛なんてくだらないものに興味は無いし、クラス一背が低い小さな子供みたいな女子はなおさらありえない」

「両思いでうれしいわ。性悪ゴミクズ王子様」

「褒め言葉として受け取っておこう。先に言っておくが、この関係を拒否しようとするのはやめた方が良い。そうなった場合、不幸な偶然が重なってこの学校にいられなくなってしまうかもしれない」

「それは脅しのつもりで言ってるのかしら？」

「ああ。お前がいつもやっていることだろう？」

（……この人は、私が悪女として貴族社会で暗躍していることを知っている）

どこまで知られているのかはわからない。

しかし、下手を打てばリネージュの領民さんたちにも被害が及ぶ可能性がある。

「わかったわ。付き合ってあげるわよ、最低鬼畜外道王子様」

私の言葉に、にやりと笑みを浮かべてフェリクス王子は言った。

「ああ。よろしく頼む。豆粒女」

（許せない……！　私を豆粒呼ばわりするなんて……！）

屋上前での会話の後、私は怒りに震えていた。

私の身長は豆粒ほど小さくないし、その言い方は農家である私たちががんばって育てている豆類の作物にもとても失礼ではないだろうか。

（あのクソ王子、絶対いつかぎゃふんと言わせてやる……！）

私はヴィンセント率いるエージェントチームに言ってフェリクス王子の弱みを探らせようかと考えたけど、『こ、子供が相手だし。私は大人だし』となんとか踏みとどまった。

「聞いて、ケイト。あの王子最悪なの」

私は屋上前でケイトにことの次第を話した。

「あの王子殿下が？」

ケイトは驚いた様子で言った。

「信じられない。いつも完璧で誰にも隙を見せない、みんなの人気者な王子殿下なのに」

「それは上っ面だけ。本性はとんでもないわ。終わってる」

「たしかに、ストレス溜まってそうな生き方してる感じはするし、そういう部分はあるのかも」

口元に手をやって思案顔をするケイト。

「でも、自分だけが裏側を知ってる腹黒王子様と好きじゃないのに付き合うことになったのよね」

「見方によってはそうなるわね」

「それってまるでロマンス小説の主人公みたい」

「はうっ」

私はよろめき、身もだえした。

「ダメよ……ダメ。私は悪女になりたいのに……」

「私は主人公の方が良いと思うけどなぁ」

「絶対ダメなの。未来を正しい方向に導くために、早く状況を修正しないと」

しかし、王子殿下は私に利用価値があると考えている様子。

ロマンス小説の悪女的には向こうから振ってもらわないといけないから、今すぐに関係を解消するのは難しい。

（なら、王子殿下に本当に好きな人ができれば……！）

閃いた。

そして、そのためにうってつけの相手がこの学園にはいる。

Fクラスにいる平民出身の編入生。

私は聞き込みをして彼女の情報を集めた。

名前はクラリス・メイトランド。

貧しい労働者階級の出身。

平民の女は魔法の勉強なんてしなくていいと周囲に言われながら、猛勉強して合格を勝ち取った。

真面目ながんばり屋で心優しい性格。

(なるほど。私とは全然違うわね)

正に主人公という感じの女の子のようだ。

逆境でもくじけない心の強さも、最強の悪女である私の宿敵としてはとても頼もしい。

(まずは出会いのシーンから。生涯の宿敵との邂逅なのだから、一生の記憶に残るくらい印象的なものにしないと)

どういう出会いにしようかと考える。

悪女な感じを考えると、最初は嫌な人に見えた方がいいだろう。

すれ違い様にぶつかって、跪《ひざまず》いた彼女を「ごめんなさい、見えなかったわ」って見下す感じとか悪女的にはポイント高いのではないだろうか。

その後、耳元でぼそっと「早く上がってきなさい」って言ったりすると、単なる悪役じゃない強キャラ感も出てすごく私好みな感じがする。

よし、この感じでいこう。

(ぶつかった主人公を突き飛ばせるように、体当たりの練習しないと)

タックルの練習をしてから、上げ底の靴の紐を締め直して、Fクラスのある南棟に向かう。

別名下層と呼ばれているその場所は、他の区画から明確に隔絶されていた。

すべての設備が一世代前のものだし、生徒たちはこの世のすべてを憎んでいるような目をしている。

実力主義の学園で人生初めての挫折を体験し、そのまま腐ってしまった人も多いのだろう。

Sクラスの生徒が来るのはかなり珍しいことのようで、みんな目を丸くして「お、おいあれ見ろよ」とか「Sクラスの編入生がどうしてここに」みたいなことを言っている。

（なかなか悪い気はしないわね）

物語の強キャラになった気分で、南棟の外観を見て回る。

中に入ろうとして気づいたのは、私が主人公であるクラリスの顔を知らないことだった。

（顔がわからないとタックルして見下しどや顔した後、才能に気づいてる発言をして強キャラ感を出すことができない……！）

彼女がどこにいるのか聞かないと、と思いつつ周囲を見回す。

人気のない非常階段に腰掛けてお弁当を食べる女子生徒が目に留まる。

あの子に聞いてみよう、と近づいた私は、聞こえた怒声に息を呑んだ。

「Fクラスのくせに先生に気に入られてるからって調子に乗って！」

三人の女子生徒がお弁当を食べていた女子生徒を見下ろしていた。

取り囲んで、放たれるのは耳を覆いたくなる侮蔑の言葉。

（あの子、いじめられてるのかしら）

木の陰に隠れて見つめる。

次の瞬間、響いたのはお弁当が転がる音だった。

「ほら、食べなさいよ。いつも私たちの残飯を食べてるんだから同じ事でしょ」

笑い声が重なる。

(ああ、ダメだ)

そう思った。

抵抗しない相手をいじめた上に、食べ物を粗末に扱う。

彼女たちは私が一番許せない惰弱な悪だ。

だったら、それを見た私はどうするのか。

決まってる。

クールでかっこいい本当の悪で、くだらない悪をぶっ飛ばす。

「何をしているの」

見られていると思っていなかったのだろう。

現れた私の姿に、顔を歪める三人の女子生徒。

「部外者が口出さないでくれる」

「あんたには関係ないでしょ」

「待って。あの子、演習場を消し炭にしかけたって噂の編入生じゃ」

三人の顔に動揺が広がる。

後ずさってから、声を上ずらせて言った。

「こ、これは遊んでただけだから」

「そう、いじめとかそんなんじゃないから。本当よ」

「それじゃ、私たちは予定があるから」

逃げるように去って行く女子生徒たち。

(ぶっ飛ばすまでもなかったわね)

嘆息しつつ、散らばったおかずを拾ってお弁当箱の中に戻す。

「汚いですよ。手が汚れてしまいます」

「汚くなんてないわ。節約するため早起きして作ったお弁当でしょ」

「どうして」

「見ればわかるわ」

野菜の捨てられるところや、パンの耳を丁寧に調理して美味しく食べられるように作られた料理たち。

農業従事者である私は、彼女のお弁当に一目で好感を持った。

「ついてきなさい」

手をハンカチで拭きつつ、彼女をSクラスのある時計塔に連れて行く。

「ここはFクラスの私が入っていいところじゃ……」

「私がいるからいいの」

Ｓクラス専用の学食の中へ。

『Ｓクラス専用豪華ランチ』の特盛りを頼む。

「こ、こんな豪華なごはん初めて見ました……」

呆然とするＦクラスの女の子。

専属料理人さんが作ってくれた食事を受け取って、空いている席を探す。

「あれ、ミーティア。今日は予定があるんじゃ無かったの？」

空いていたケイトの隣の席にトレイを置いた。

「雨に濡れてる子猫ちゃんを見つけてね。予定変更」

「雨に濡れてる子猫ちゃん……？」

怪訝な顔をするケイトは、Ｆクラスの女子を見て目をぱちくりさせる。

「この子、Ｆクラスの子なのにいいの？」

「頼んでるのは私だけだしいいでしょ。そもそも、成績で生徒の待遇を変えてるルール自体どうかと思うし」

「それはそうかもしれないけど」

「私は迷ったら一番かっこいいやり方を選ぶことにしてるの」

澄まし顔で言ってから、特盛りの豪華ランチを向かいに座った彼女に差し出す。

「ほら、一緒に食べましょ」

「い、いいんですか？」

「つい頼み過ぎちゃって一人じゃ食べきれないから」

Ｆクラスの女の子は呆然と私を見つめてから、

「あ、ありがとうございます！」

おずおずと豪華ランチを食べ始めた。

「わっ、お肉だ……本物だ……」

まるで見たことないお宝に初めて触れるみたいに、瞳を輝かせて豪華ランチを頬張るＦクラスの女の子。

（めちゃくちゃ良い子だわ……）

頬をゆるませつつ、彼女にごはんを勧める。

「私のも食べていいよ」

ケイトも同じ事を感じたのだろう。

自分のおかずを差し出して言う。

「いえ、でも、それは……」

「私、ダイエット中だから。残飯にしちゃうのは勿体ないでしょ」

「ありがとうございます……！　いただきます！」

豪華ランチを食べながら、「こんなに幸せなことがあっていいのでしょうか」と涙ぐんでいる。

（なんて不憫な子……！　幸せにしたい……！）

こみ上げてくる何かを堪えつつ、幸せそうな彼女を見守る。

（……あれ？　何か大事なことを忘れているような）

不意に思いだす。

そうだ、私はFクラスの主人公に宣戦布告するために南棟に行っていたのだ。

（とはいえ、この展開は悪くないわ。Fクラスに所属する子と親しくなることができた。この子を通して、主人公の情報を探ったり、暗躍することができる）

大きな成果と進捗に満足しつつ、豪華ランチを食べ終えた彼女に言った。

「ところで、私はFクラスのクラリス・メイトランドさんに興味があるんだけど何か知ってることはないかしら」

「え？」

Fクラスの女の子は目をぱちくりさせて言った。

「あの、クラリス・メイトランドは私なんですけど」

（なんで主人公を助けちゃってるのよ私！）

衝撃の事実を知った後、私は頭を抱えながら午後の授業を受けていた。

すれ違いざまに押し倒して、「あら、いたの」と見下す悪女な出会い方のためにタックルの練習もしていたのに。

いじめられているところを助けた上、おいしいごはんまで食べさせてあげてしまった。

これでは悪女感なんて欠片もない。

主人公を認めてくれる優しい強キャラ同級生、みたいな感じになってしまっている。

事実を知った後、なんとか軌道修正しようと「まあ、貴方のことなんてどうでもいいけどね」と素っ気ない態度を取ってみたのだけど、

『クールなのに心根は優しいお姉様かっこいい！』

とキラキラした目で言われてしまった。

助けた上にごはんを食べさせてあげてしまった加点が大きすぎて、むしろ魅力的に見えてしまったらしい。

別れ際には、『私、ミーティアお姉様みたいな素敵な人になれるようがんばります！』なんて悪女が主人公に絶対言われてはいけないことまで言われてしまった。

「お姉様って何よ……全然宿敵感ないじゃない。完全に主人公サイドの人間じゃない……」

「もうあきらめれば？　ミーティア悪女向いてないって」

「ぐわはっ」

ショックのあまり、心の中で吐血して屋上前の階段を転がり落ちる。

「ちょっと、ミーティア大丈夫!?」

「悪女悪女悪女華麗華麗華麗」

「大規模不正が見つかった魔道具店経営者の部下に宛てた手紙みたいになってるから！」

悪い人にならないといけないと追い詰められた結果、変な発作みたいなことになってしまったらしい。

心を落ち着けるため、壁際で膝を抱えて今までにした悪行の数々を唱える。

「ぶら下がって身長を伸ばすやつ時々サボってます、家事分担のじゃんけんでちょっと後出ししました、誰も気づいてないけれど実はいつも十センチ上げ底の靴を履いてます」

「十センチ上げ底してそれなんだ」

「ケイトは私を傷つけたので、私は床をころころして遺憾の意を示すことにします」

「待って、汚いから！　もう意味わかんないから！」

私は床に寝転がって猛烈にころころした。

ケイトに止められて、ゼンマイで走る玩具が床にひっかかったときみたいになった。

「ほら、髪に埃ついてるよ」

「床にころころする私、すごく悪い子でしょ。悪い子って言って」

「そうだね、悪い子だね。ミーティアは悪い子だよ」

「えへへ。私悪い子。ママ大好き」

「ミーティアが幼児退行しちゃった……」

しっかり者なケイトにたくさん甘えて、元気を補給する。

「苦労をかけたわね、ケイト。最強悪女の私が戻ってきたわ」

「……うん、そうだね。悪女だね」

「さて、問題はこれからどうするか。なんとか軌道修正して悪女ポジションに戻らないと」

「どうやって軌道修正するの？」

「まずは王子殿下から。向こうから振ってもらうために悪女っぽい嫌味と皮肉をたくさん言ってみるわ」

「大丈夫？　ミーティア良い子だからまた失敗する未来が見えるんだけど」

「良い子じゃないわ！　そのために嫌味と皮肉の練習だってするし！」

「取り組み方が真面目……」

私はノートに悪女っぽいかっこいい嫌味と皮肉を書き連ねて、入念に準備を整えた。

「付き合え。風よけの仕事だ」

周囲に聞こえないよう耳元で伝えられた言葉。

ケイトとランチを食べた後に呼びだされたお昼休みの中庭。

ベンチで隣同士座りながら耳元で嫌味を囁くと、フェリクス王子はにやりと口角を上げて言った。

「××××××」

彼が囁いた言葉のなんと下劣で鬼畜外道なこと。

（こいつ、ほんと性格終わってるわ……）

しかし、悪女になるために負けるわけにはいかない。

私はノートに書いた悪女っぽい嫌味と皮肉を王子に見せて精神攻撃を仕掛けた。

王子はノートを私から受け取ると、美しい筆記体で皮肉を書いて私に見せた。

高度でウィットに富んだ悪口の応酬が行われた。

続けているうちに段々と語彙力はなくなって、最終的には「ばか」とか「あほ」とか子供みたいな罵倒を書き合うことになった。

（ぐぬぬ……なんとムカつくやつ）

私たちの関係は嫌いなやつ以上、親の敵未満というところなのだけど、

「昼休み、殿下とすごく仲よさそうだったよね」

そんな風に言われるから世間の人は本当に見る目がない。

「ノートに言葉を書いて見せ合ってたし」

「照れ隠しにたたき合ったりもしてたわよね」

きゃー、と興奮した様子のクラスメイト。

ささやき合っていたのは罵詈雑言であり、たたき合っていたのは単純に相手を攻撃するためだったと説明したのだけど。

「照れなくてもいいから」

とまるで信じてもらえない。本に書いていたとおり、人は真実ではなく見たいものを見る生き物なのだろうか。

「週末はデートに行くの？」

「もう手は繋いだ？」

「もしかして、キスとかも」

想像しただけで吐き気が出る質問を振り払ってから、いつもの屋上前に逃げ込む。

「お？　作戦はどうだった？」

ケイトは予備の机に膝をあて、椅子をロッキングチェアーのように揺らしながら持ち込んだロマンス小説を読んでいた。

予備の机の上には、ロマンス小説が並んだ本棚が置かれ、クッションとブランケットが空間の快適さと満足度を向上させている。

（なんか秘密基地みたいになってる！）

私も明日いろいろ持ってこようと思いつつ、ケイトに進捗を話す。

「あいつ、普段は上品気取ってるけどめちゃくちゃ口悪いわ。しかも、女とか関係なく殴り返してきたし」

「あの完璧で隙の無い王子が？　信じられないんだけど」

「みんな騙されてるのよ。見てなさい。最強の悪女である私が本当の悪というものを教育してやるんだから」

「ん。がんばってね」

腹黒王子をぶちのめすにはもう少し時間がかかりそうだったので、先に主人公のクラリスとの関係を正常化させることにした。

分厚い本を抱えて歩いていたクラリスは私を見つけて、「あ！　ミーティアお姉様！」と小走りで近寄ってきた。

声が弾んでいた。かわいい。

その上、抱えていた本は私も愛読している人気ファンタジー小説だった。

（この子良い趣味してる……やばい、語りたい……）

しかし、私は主人公であるこの子との関係を断ち切るためにここにいるのである。

何の犠牲もなしに大きな成果を獲得することはできない。

私は心を鬼にして、クラリスに言った。

「私は貴方が嫌いよ！」

「なんでそんなこと言うんですか……」

クラリスは目に涙を浮かべた。

私は激しく動揺した。

（きょ、今日のところはやめておきましょう）

「嘘だから。普通に好きだから泣かないで」

私はクラリスを全力で慰めて元気づけた。

クラリスは「お姉様優しい」と言った。

私は、彼女に暴力を振るった翌日全力で謝罪して「本当は優しい人」と言われる最低男になったような気持ちでクラリスを見つめた。

「その本読んでるの？」

「はい。大好きなシリーズなんです。小説なんて難しすぎて読めないと思ってたんですけど、この本を読んでから世界が広がって」

「わかるわ。不幸な人間の男の子が実は救世主で、魔法学校に通うって設定がいいわよね」

「お姉様も読んでるんですか！」

私たちは人気ファンタジー小説について語り合った。

『死の呪文強すぎてゲームバランス崩壊してない？』って話と、『その死の呪文に武器解除魔法でビームを出して渡りあう主人公おかしくない？』って話ですごく盛り上がった。

楽しかった、と頬を緩めて時計塔に戻る途中で気づく。

（もっと仲良くなってしまった……！）

状況はなかなかに簡単ではなく、目指すものは求めるほどに遠ざかっている。

しかし、だからといってあきらめるほど私の憧れは半端なものじゃない。

(次こそ……次こそはうまくやってやるわ)

決意を胸に、私は次なる作戦を考える。


結論から言うと、作戦はうまくいかなかった。

私が悪女になろうとすればするほど、王子は悪魔のような口の悪さで反撃してきた。

嫌われようとすればするほど、クラリスの私に対する好感度は上がって、最近では「私、お姉様みたいな人になりたいんです」と頬を林檎の色に染めて言われてしまった。

(完全に主人公を導く強キャラ同級生ポジションだわ……)

深く思い悩んだ私は、家に帰ってシエルとヴィンセントに相談した。

「学校生活がうまくいってないの」

二人は一瞬真剣な顔をしてから、優しく目を細めて言った。

「どういう風にうまくいってないんですか?」

「私がこういう風にしたいと思えば思うほど逆の結果になっちゃうというか」

「友達が欲しいけどできない、みたいな感じですか?」

「いや、友達はできたんだけど」

「できたんですね。よかった」

シエルとヴィンセントはほっとしたようだった。

「最近は屋上前に秘密基地を作って、二人で持ち込んだロマンス小説を読んで過ごしてる」

「すごく仲良くなってますね」

ヴィンセントは驚いていた。

「青春の香りがします」

シエルはうれしそうだった。

「では、どういう部分でうまくいってないのですか？」

「かっこいい悪女のポジションになりたいんだけど、うまくいかなくて」

「ミーティア様そういうちょっと痛い——いや、おかわいい趣味がありますもんね」

「痛くはないしかわいくもないわ。凜としてて最高にかっこいいから」

高尚な趣味が理解できないらしいシエルに反論する。

「で、その悪女になるために何をしたのですか？」

「とりあえず第三王子殿下に告白したの」

「告白……!?」

ヴィンセントは絶句していた。

座っていた椅子が『ガタガタ！』とすごい音を立てた。

「きゃっ、ミーティア様すごい」

シエルはめちゃくちゃうれしそうだった。

「大胆で行動力あってすごくいいと思います。王子殿下のどこが好きになったんですか？」

「好きじゃないけど」

「好きじゃないのですか……!?」

ヴィンセントの椅子がまたすごい音を立てた。

シエルは「ふむふむ。なるほど」と真剣な顔でうなずいてから言った。

「経済力と将来性大事ですもんね。わかります」

「いや、そういう婚活的な感じとも違うわ。王子に振られるってロマンス小説の悪役っぽくていいなって思ったの」

「ああ、振られて主人公を逆恨みするパターンありますよね」

「でも、告白したらＯＫされちゃって」

「十一歳なのに彼氏……!?」

ヴィンセントの椅子が壮絶な音を立てた。

「付き合った!?　付き合ったんですか!?」

シエルは身を乗り出して言った。

「一応対外的にはそういうことになったんだけど、王子には別の目的があったの」

「別の目的？」

「みんなに告白されるのが面倒だから私を風よけとして都合良く使おうって考えたみたい」

「承知しました。その歩く廃棄物をこの世から抹消してきます」

「待ってください、ヴィンセント。これは契約交際ラブコメの可能性があります」

椅子を倒して立ち上がるヴィンセントと、その袖を摑んで引き留めるシエル。

「王子は隙が無くて完璧な人ってイメージだったんだけど本性はとんでもない最低なやつだったの。悪口言ったら全力で返してくるし、隠れて蹴ったら同じくらいの強さで蹴ってきて」

「モラハラに加えてＤＶですか。殺しましょう」

「ミーティア様から仕掛けてますからね。蹴りの強さも加減してそうですし、お互い大嫌い系ラブコメの感じもありますね」

ヴィンセントは過激だったし、シエルは恋愛脳だった。

私はこの二人はダメかもしれない、と思った。

「王子殿下についてはそんな感じ。あと、主人公的な女の子がいたからタックルして敵対フラグを立てようとしたんだけど、うっかりいじめられているところを助けちゃって」

「ミーティア様らしいですね」

「そういうところ素敵だと思います」

二人は別人みたいに穏やかだった。

こっちの説明は、四月のひだまりで行われる猫の集会みたいに平和に進行した。

「敵対するのは難しそうですし、むしろ状況を利用するのはいかがでしょうか」

ヴィンセントは優しい表情で言った。

「状況を利用？」

「はい。最強の悪女であるミーティア様は、その才覚で主人公を籠絡して暗黒面に落としてしまうのです」

「なんてこと……！　すべては私の圧倒的悪女の才能が迸《ほとばし》りすぎていたがゆえのことだったのね……！」

私は身震いする。

「早速明日から、クラリスを暗黒面に落とすことにするわ。主人公は悪女である私の圧倒的カリスマに惹きつけられ、悪女に憧れるようになってしまうのよ」

「応援していますね」

私は部屋に戻って、『紅の書』にクラリスを暗黒面に落とすための作戦を書いた。

大きな悩みがひとつ解消された私は、お風呂にゆっくり浸かって身体をあたためてから、九時過ぎに布団に入って眠った。

◆　◆　◆

「すみません、シエル。少し急用ができました。二時間ほどで戻ると思います」

玄関の鏡の前で襟元を整えるヴィンセントに、シエルは冷たい声で言った。

「急用？　そんな連絡は無かったように思いますけど」

「私の個人的な用件なので」

「その割には、全身フル装備してるように見えますね」

「いつも通りですよ。特別なことは何もありません」

「潜入と暗殺用の魔道具が無くなっているように見えるのですが」

「随分と優秀な観察眼を持つようになりましたね」

「貴方に仕込まれましたから」

シエルはヴィンセントを睨む。

「王子殿下を暗殺するつもりですか」

「怖いことを言わないでください。私は平和主義者です。いかなる理由があろうとその手の仕事はもうしたくない。もちろん、最悪の場合選択肢としてないわけではありませんが今はそういう状況ではありません」

ヴィンセントは言う。

「そもそも、王子殿下の邸宅に潜入するとなると非常に危険な仕事になります。ミーティア様が彼にたぶらかされているとしても、それだけでそこまでするほど私は短絡的ではありません」

「よかったです。安心しました」

「ええ。ただ、枕元に立って『ミーティア様をたぶらかしたら殺す』と脅すだけです」

「絶対ダメですって！　暗殺と難易度変わらないですからね、それ！」

「私なら二時間あれば問題なく完了できます」

「問題なく完了しないでください！」

夕食の買い出しに行くくらいのテンションで言うヴィンセントに、慌てた声で言うシエル。

「本当に行く気ですか」

「そうだと言ったら？」

「実力行使で止めさせていただきます」

「貴方に私が止められると？」

「私一人では無理でしょうね」

シエルは言う。

「でも、エージェントチーム全員が相手ならどうでしょう」

瞬間、息を潜めていたエージェントたちの気配が周囲を取り囲む。

「これは驚きました。いつの間に彼らを取り込んだんですか？」

「私の力ではありません。彼らはみんな、ミーティア様への恩返しのためにここにいる。そのためなら、貴方相手でも容赦はしない。ただそれだけのことです」

「まあ、肩慣らしくらいにはなりますか」

ヴィンセントは肩をすくめて言った。

「全員でかかってきなさい。相手をしてあげます」

こうして、無益で無意味だが無駄にスタイリッシュな戦いが始まった。

この戦いに意味は無く、あるのは純粋な願いだけ。

そして、誰よりもそれを楽しめる感性を持つミーティアは、何も知らずにすやすや眠っている。

◇　◇　◇

悩みが解消され、たくさん眠って元気になった私は早速クラリスを暗黒面に落とすための作戦を開始した。

豪華な学食を食べさせて餌付けし、読んだ人が影響を受けて、眼帯をつけたり包帯を巻いたり呪われた前世ができたりするダークなファンタジー小説を読ませて、洗脳と調教をした。

クラリスは「こんな世界があるなんて……！」と声をふるわせた。

続きを貸してあげるとすごく喜んでいた。

雨の帰り道には、「見てくださいお姉様」と言って、「クーゲルシュライバー！」と作品内のかっこいい必殺技の名前を言いながら傘を開いた。

（え、かっこいい……この子、天才……？）

私はとんでもない逸材を見つけだしてしまったのかもしれない。

二人で並んで一緒に、「クーゲルシュライバー！」をした。

傘が開いて飛沫《しぶき》が飛んだ。

楽しかった。

小雨で身体がしっとり濡れたけど関係なかった。

「まったく、あんたたちは」とケイトはあきれ顔で笑っていた。

水たまりをジャンプして飛び越える。

水面の鏡面に私たちの影が映る。

「ところで、あんたたち特別実技試験の準備はしてる？」

ケイトの言葉に、私は首をかしげた。

「なにそれ？」

「私も何のことかわからないです」

クラリスもきょとんとした顔をしている。

「そっか。あんたたち、編入してから初めての特別実技試験だもんね」

ケイトは私たちに特別実技試験について教えてくれた。

これは生徒の魔法実技の能力を測る試験のひとつで、アルカディア魔法学園では筆記試験の結果以上に重要視されている。

　この試験の結果によって、すべての生徒が順位付けをされる。

　順位が規定を超えればクラスを昇格、逆に規定に満たなければ降格して下のクラスに落ちることになる。

「参照されるのは過去二ヶ月の成績。一回だけじゃまぐれの可能性もあるからね。ミーティアはSクラス最下位の四十位だからやばいよ。一歩間違えると、即降格になっちゃう」

「降格するとどうなるの？」

「Aクラスに落ちることになるね。結果によってはBクラス、Cクラスに落ちる可能性もある。そして、都落ちって陰口を叩かれる」

「やっぱり陰湿……」

「ここはそういうところなの。だから、みんな順位とクラスカーストをすごく気にしてる。学園の順位制度は有名だから、親の名誉にも関わるしね。そのために、裏金を払って先生を買収する人もいる——って、これはお父さんがこっそり教えてくれたことだからみんなには言っちゃいけないことなんだけど」

　たかが学校での順位のためにそこまでしなくても、と思うけれど体面を気にする貴族の人たちにとってはそれだけ重要なことなのだろう。

　実際、私も魔法適性だけで子供を無かったことにしようとするやばい父親を持っているので、そういう考え方をする人がいるのも理解はできる。

「ちなみに、ケイトは先月何位なの？」

「私は三十九位」

「……意外とおバカなんだね」

「全体で三百人近くいる中でだから、これでも優秀な方なの！　元々、父親がやらかして周囲から人が離れていって、勉強するくらいしかすることがなかった結果、Ａクラスから昇格してきた感じだし」

なるほど、そういう事情があったらしい。

私たちは今回の特別実技試験では降格の瀬戸際に立たされているようだ。

「クラリスは先月何位なの？」

「私は二百九十六位です」

「…………」

そっか、Ｆクラスだもんねこの子。

私は小声でケイトに耳打ちする。

「ねえ、学年全体で何人いるの？」

「たしかミーティアが入って二百九十七人だと思う」

「最下位……すっごいおバカ……！」

「おバカじゃ無いです！　私の魔法は特殊だから、測定できないって言われて。あと、平民で後ろ盾もないからとりあえず一番下って」

声を上げて抗議するクラリスは初めて見る顔をしていて、なんだか良い物を見られた気がしてうれしくなる。

最下位とはいえ、それはSランク校でのことだし、実際はみんなすごく優秀なのだろう。

だとしても、学校という狭い世界の中で下の方だという事実は、拭い去れない嫌な感覚として私たちの中に影を落とすのだけど。

「最下位同盟として、みんなでがんばろう」

「い、今はミーティア入ったから最下位じゃないし」

「私も、本当はもっと成績良いはずで」

みんな、最下位扱いは嫌みたいだった。

私は中途半端より個性があって良いと思うんだけどな。

学校では評価されなかった才能の方が異端な感じでかっこいい気がするし。

そう話すと、クラリスは「わ、私かっこいいですかね」と頬をかいていた。

この子は、おだてられると高額な壺とか買っちゃうタイプかもしれない。

気をつけてあげないと。

「私は学校で評価された方がいいけどな。異端よりも普通の方がみんなと同じ感じがして安心できるし」

ケイトは私とは真逆の安定志向の様子。

たしかに、その気持ちもわかるような気がする。

みんなと同じ方向を向いてる安心感と気持ちよさは、異端になりたい私でも否定できない魅力がある。

それでも、私は人と違う自分でありたいな、って思った。

特別実技試験の内容が発表されたのは、そんな会話をした翌日のことだった。

毎月内容は変わるらしく、先々月はクラス対抗のチームマッチ、先月は一対一での個人魔法戦闘、そして今月は演習用迷宮でのチームサバイバルだと言う。

「みなさんには三人一組でチームを組んでもらいます。来週までに一緒に組むチームメンバーを用紙に記入して提出してください。各ブロック三十三チーム、九十九人で予選を行い、全体の上位三十チームで決勝を行います。最後まで生き残ったチームは優勝チームとして表彰され、本試験における最高評価が与えられます」

どうやら、チームを組んで戦うのが今回の試験の内容らしい。

ホームルームが終わると、みんな即座に声をかけてチームを組み始めた。

一番人気は、フェリクス王子殿下。

みんな我先にと声をかけて、飴に集まるアリみたいになっている。

（さすが、学年順位一位）

出自に優れているだけでなく能力も高いから、みんな勝ち馬に乗ろうとしているのだろう。

加えて、側近のように傍に控える学年二位の無口クール系男子ロイくんの存在も大きいように見える。

あの二人は間違いなく同じチームになるし、そうなると間違いなく優勝最有力。

自分が何もしなくても、二人の力で勝ち残れる可能性が高い。

一方で、私に声をかける人はいなかった。

（これがSクラス最下位……）

遠い目で窓の外を見ていると、不意に声をかけてきたのは一人の女子生徒だった。

「ミーティアさん、私と組まない？」

眼鏡をかけた知的な印象の女の子だった。

たしか、名前はカミラだったっけ。

「私と？　どうして？」

「ミーティアさんは編入したばかりで最下位というだけ。過去の結果によって評価されたわけじゃない。先生たちを驚かせて特別な経緯で入学が決まったことと、先の演習でクラス二位の成績を出した。実績は無くても、十分に魅力がある相手だと判断したの」

なるほど。

そういう考え方もあるか、と思う。

実力が見えていないからこその期待。

（この子、私が生活魔法しか使えないってわかったらどうするんだろう……）

すごく頭良さそうだし、音速で切り捨てられるのでは、と恐怖を覚える。

（まあ、でも組んじゃえばチーム変更もできないし大丈夫か）

声をかけてくれたのはありがたいし、とお願いしようとしたそのとき、視界に入ったのは斜め前の席に座るケイトだった。

誰にも声をかけられてないケイトは頬杖をついて窓の外を見つめている。

大会の形式が発表されたときから、一緒に組めたら良いなと思っていた一番仲が良い友達。

「ひとつお願いがあるんだけど。友達のケイトも誘っていい？」

私の提案に、カミラは眉根を寄せた。

「私は先月の順位が五位。今までの結果を通算した平均成績でも六位を記録してる。もう一人、平均九位の友人をパートナーとして既に確保してるわ。私たちは魔法の相性も良いし、王子殿下のチームを除けば最有力チームのひとつになるのは間違いない。そんなチームに貴方を加えたいと言ってるの。そのことを正しく理解して欲しい」

かなり私にとってはメリットが大きい話だと言いたいらしい。

高みにいる自分が特別に、最下位だけどポテンシャルのある私に声をかけてあげてるって認識のようだ。

「なるほど。選んでくれたのはありがとう。光栄だわ」

「じゃあ、これから簡単な面接してミーティアさんが合格点を出せたら正式決定として用紙を提出しましょう」

「面接をするの？」

「ええ。だって、最有力の実力を持つ私が最下位の貴方を選ぶのだもの。それくらいするのは当たり前のことでしょ」

カミラは言う。

「クラスで浮いてる事実上最下位の子を一緒に入れて欲しいなんて、言えるような立場じゃないのが理解できた？」

彼女は、当たり前の常識を説いているみたいな顔で言った。

そこには一点の曇りもない。

自分が正しいという確信があるのだろう。

そして、実際に正しいのだと思う。

学校の教室という狭量な世界の中では。

「わかったわ。早速面接を始めましょう」

私はため息をついて言う。

「まず、たかが学校での順位を名誉みたいに話している視野の狭さがマイナス五点。次に、最下位の私を下に見て当然と考えている価値観がマイナス五点。最後に、当然のように私の友達を踏みにじった傲慢な態度がマイナス八十八点ね」

「は？　あんた何を言って――」

「私たちは対等なクラスメイトなんだから。貴方が面接をするなら、私にも面接をする権利があるでしょ」

私はにっこり微笑んで言った。

「おめでとう、貴方は二点よ。実績通り見事な好成績ね」

「……本番では、貴方のチームを最初に潰すから。覚悟してなさい」

「ええ。楽しみにしてるわ」

怒らせてしまったみたいだけど、向こうが先に私の『許せないライン』を越えたので仕方が無い。

(身内を傷つける相手には容赦しないのが、華麗な悪女である私の信条なのよ)

肩をすくめてから、斜め前の席のケイトに歩み寄って肩を叩く。

「一緒に組みましょ」

ケイトは振り向いて私を見た。

その視線がすっとそらされた。

「……ごめん、私は」

予想外の言葉にどきりとする私に、斜め後ろから誰かが声をかけた。

「俺とチームを組んで欲しい」

振り向く。

誰もがチームを組みたがる学年最強の序列一位。

第三王子殿下フェリクスがそこにいた。


学園の東にある人気の無い庭園に、フェリクスは私を連れて行った。

今回の特別実技試験でみんなにチームに入れて欲しいと思われている王子殿下の周りには、常に声をかけてくる人が居て、静かに話すには生徒の生活圏から離れるしか無かったのだ。

美しく咲き誇る季節の花々。

国内で高く評価される設計士さんの設計したものを、優秀な庭師さんたちが管理して、この色鮮やかな庭園が形作られている。

(綺麗だけど、私は野菜の方が好きね。美味しいし)

花も綺麗なだけじゃ無く食べられたらいいのに、とか思っていると、フェリクス王子が足を止めて言った。

「俺はお前をチームに入れてやってもいいと考えている」

上から目線なところはかなりひっかかったけど、それ以上に気になったのはなぜ彼が私を誘っているのかだった。

「随分人気だったように見えたけど。どうして私？」

「他の連中だといろいろと隠さないといけないだろ。お前が一番楽だ」

理解する。

素を見せ、陰で殴り合っている関係だからこそ、彼にとっては自分を取り繕わないでいいというメリットがあるようだ。

「だったら、他にそういう友達を作ったらいいんじゃない？　良い機会だと思うけど」

「立場上、そう簡単にはいかない。第三王子と関係を築きたいという下心があるやつも多いし、当人にそういうのがなくても相手の親が勝手に異様な額の贈り物を贈ってきたりする」

「私だって父からそういうのが届く可能性もあるんじゃないかしら？」

「お前は大丈夫だと兄が言ってた」

「え？　第二王子殿下が？」

面識はないはずだけど、いったいどこでそんな評価を得ることになっていたのだろう。

「とにかく、お前は俺と組め。俺はこの学年で一番強いし、ロイは二番目に強い。お前が何ひとつできなくても、優勝するのは俺たちだ。付き合ってるって体裁を考えても、その方が変に疑われたり勘ぐられたりせずに済む。お前だって俺たちと組むメリットは大きいだろう」

「たしかにそうかもしれないわね」

「この俺が特別に組んでやるって言ってるんだ」

フェリクス王子は言う。

「誰もが願ってる機会だぞ。何の実績もないお前が得るのは本来おかしいんだ。感謝しろ」

「そうね。選んでくれてありがとう」

「じゃあ、用紙は俺たちが書いて出しておくから」

「でも、断るわ」

「……は？」

フェリクス王子は私を睨んで言った。

「自分が何を言ってるのかわかってるのか？」

「もちろんわかってるけど」

「じゃあ、どうして？」

「上から目線が気に入らないのと、自分が選ぶ立場だって信じて疑わない感じがムカつくから。あと、単純に私の趣味もあるわね」

「趣味？」

「私は誰かの下につくんじゃなくて、上に立つのが好みなの。ポーンもナイトもビショップもルークもお断り。私を誘いたかったら次からはキングかクイーンとして招きなさい。親愛なる女王様、矮小な私にお力をお貸しくださいってへりくだりながらね」

「後悔するぞ」

「しないわよ。後悔っていうのは自分を曲げたときにするものだから」

私は言う。

「良い勝負をしましょう。敵としてお相手してあげるわ」

華麗に背を向けて、庭園を後にする。

(今のはなかなか決まっていたのでは……！)

自分の振る舞いに頬をゆるめつつ、生け垣を曲がった私は、本気ダッシュでFクラスのある南棟に向かった。

目を丸くする生徒たちを横目に廊下を駆けて、Fクラスの教室へ。

窓際の席で本を読んでいるクラリスの机に手を置いて言った。

「特別実技試験組むわよ。いい？」

クラリスは「え？　え？」と目をぱちくりさせてから、「は、はい」とうなずいた。

(よし、一人確保！)

放っておくと、王子様枠的な人に「おもしれー女」と声をかけられてしまいそうなクラリスだ。

主人公的にはその方がいいのかもしれないけど、そんなことよりも何よりも私は仲良くなれた友達と一緒に戦いたい。

「用紙は私が出しておくから。じゃ、また後でね！」

走ってFクラスの教室を後にする。

Sクラスのある時計塔へ向けて地面を蹴りながら考える。

(問題は、もう一人。ケイトの方)

特別実技試験の形式が発表された時点で、私はケイトと一緒に組もうと決めていて。

だからこそ、あのときのケイトの反応は私の心に少なからず傷を付けるものだった。

『……ごめん、私は』

そう言ってそらされた視線。

(他に誰か組みたい子がいるのかしら)

そう思うと胸の奥がちくりと痛む。

仲良くなれたと思っていて、
それこそ一番の友達になれそうかもとか思っていて——

だからこそ、断られたという現実が痛い。

(ケイトがいないと、他に組めそうな子もいないし……)

誰にも必要とされずにふるえることしかできなかった前世の舞踏会を思いだす。

悲しい黒歴史を思いだして心がうっとなったけど、すぐに首を振って気持ちを立て直した。

(とにかく、もう一度ケイトにアタックしてみよう)

一度でダメならもう一度。

あきらめの悪さが私の武器。

Ｓクラスの教室。

背が高くてかっこいいクールビューティーなおしゃれさん。

なのに、クラスで少し浮いていて、所在なさげなその背中に声をかける。

「ケイト、私と組みましょう」

振り向いたケイトは少し困ったような顔をしていた。

「でも、王子殿下に誘われてるんでしょ？」

「断ったわ」

「断ったの!?」

ケイトはびっくりしていた。

「今からでも考え直した方が良いって。王子殿下のチームは今回の特別実技試験で間違いなく最有力。Ｓクラスに残れる確率も一番高い」

「誰かに勝たせてもらうのは性に合わないの」

「それでも、Ｓクラスの中でできるだけ実力のある子と組むべきだよ」

ケイトは言う。

「Ａクラスから上がってきた私だからわかる。Ｓクラスは周囲の評価も待遇も将来性も全然違う。在籍してるだけですごく大きな意味があるの。ミーティアはＳクラスにいるべきだよ。そのために、もっと実力のある子と組んだ方が良い。私は魔法戦闘があまり得意じゃ無いから」

「もしかして、私に気を使って断ろうとしたの？」

「…………」

ケイトは目を伏せた。

肯定を意味する沈黙だった。

(他の人に誘われてるわけじゃなかったんだ)

ほっとする。

この子は、私のために身を引こうとしてくれたのだ。

この教室の中で、自分が一番誰にも選ばれない立場であるはずなのに。

同時に、少しむっとする気持ちもある。

私のためとか言ってなに勝手なことしてるんだって。

成績とか実績とか強さとか。

評価とか人気とかクラス内カーストとか全部どうでもいい。

――私にとって一番良い相手は私が決める。

「さっきFクラス最下位のクラリスを誘ってきたわ」

「……え？　クラリス？」

驚いた顔で言うケイト。

学園の常識に染まっているケイトにとっては信じられない選択だったのだろう。

「私は実績無しのSクラス最下位。クラリスも実績無しのFクラス最下位。どう？　びっくりするくらいの実績最弱チームよ。私たちの仲間になってくれる人なんて誰もいない。ケイトが入ってくれないと、私たちは箱の中で鳴く捨て猫みたいになってしまう」

「王子殿下にも誘われてたのに、どうして……？」

「みんながそうした方が良いっていう道は進みたくないの。私は悪女を目指してるから。それに、みんながそれじゃダメっていうやり方で勝った方がかっこいいじゃない？」

「……まったく、この子は」

ケイトはあきれたみたいに笑ってから言った。

「わかった。実績がある中でSクラス最下位の私がチームに入ってあげる」

「全員最下位のチーム完成ね」

私は不敵に笑みを返して言った。

「優勝して、くだらないカーストとか全部ひっくり返してやりましょう」

第三章 ◆ 特別実技試験

こうして結成された最下位三人のチームを、私はチーム・ヴァルプルギスと名付けた。

ただただだかっこいいから、という理由で名付けたこの名前を聞いたクラリスは「いいですねお姉様……！」と怪我してないのに包帯を巻いた左手を振って言い、ケイトは「ほんと好きだよね」とあきれ顔をしていた。

私はクラリスをSクラスのある時計塔に呼び、三人でいつもの屋上前に集まって作戦会議をした。

「これから、チーム・ヴァルプルギスによる学園支配計画の会議を始めるわ」

私はブランケットをマントのように翻して言った。

「了解です、悪女ミーティア様」

ブランケットをマントみたいに身体に巻いてクラリスは言った。

「なにやってんの、あんたたち」

ケイトは冷たい目で私たちを見ていた。

「予選で私たちはAブロックに入ったわ。王子殿下のチームはいないけれど、それでもSクラスに所属する有力チームも多くいる」

「なかなか厳しい戦いになりそうですね……」

「でも、だからこそ勝てば得るものも大きい。そうでしょ」

「かっこいいですお姉様！」

キラキラした目のクラリスにうなずきを返す。

「そうだ。新聞部が非公式に作っている戦力分析名鑑をもらってきたよ。参考になるかもと思って」

ケイトが取り出したのは学生新聞みたいな体裁の紙面だった。

「そんなの、あるの？」

「うちの新聞部はそういうの好きみたいなんだよね」

各生徒の順位と過去の成績から計算したチームの総合力と予想順位が詳しく載せられている。

一位はフェリクスのチームだった。

私たちのチームはSクラス最下位だった。

「ぐぬぬ……許せん、目に物見せてやらなければ……」

記事を握りしめる私に、

「そうですね、許せませんね」

マントを揺らしながらクラリスがうなずく。

「私はやらないよ」

ケイトは冷めた目で見ている。

「前評判を覆すために、格上の相手を倒す作戦を考えたいと思うわ。いったいどういう作戦なら勝ち残ることができるかしら」

「とりあえず逃げ回るとかでしょうか」

「有効なのはわかるけど悪女感には欠けるわね」

今回の試験形式はチームサバイバル。

なるべく戦いを避け逃げ回るという戦略は、消耗を避ける上でも間違いなく効果的だけど、悪女的には少しかっこよさに欠けるところがある。

「でも、勝つために手段を選ばないという意味ではミーティア好みな感じもしない？」

「たしかに！　その考え方ならありかもしれないわね！」

「ちょろい……」

ケイトはあきれ顔をしていたけれど、私は悪女らしいかっこいい戦い方を想像して気持ちよくなっていたのでそれどころではなかった。

「まずは、私たち三人が何の魔法を使えるのか認識を共有しましょう」

学園の裏庭で戦いに使えそうな魔法を試していく。

《飲み物に入れる氷を作る魔法》で一面を氷塗れにしたり、《煙草に火を付ける魔法》でたき火を大炎上させると、ケイトは驚いた顔で私を見た。

「生活魔法でそれって……」

「ん？　何かおかしいの？」

「どう考えても出力が異常だよ。下手すると通常魔法を超えるレベルに到達してる」

「いろいろと魔法式を改良してるからね。あと、最近なんか出力上がってるの。学校で本格的に勉強してるからかしら」

首をかしげる私に、ケイトははっとした顔で言った。

「今ので出力何パーセントくらい？」

「十パーセントくらいだけど」

「……下手すると上級魔法を超えてるかも」

ケイトは真剣な顔で続ける。

「ミーティアならSクラストップ層とも渡り合えると思う。問題は、私たちか」

続いて魔法を見せてくれたのはケイトだった。

得意とするのは、土属性。

壁を作ったり穴を掘ったりするのが得意だという。

「ごめんね、戦闘向きじゃなくて」

「いいえ、これは良い土だわ。水分と養分の持ちが良く、それでいて排水性と通気性も高い。とても良い野菜が作れると思う」

土をさわりながら私は言う。

プロフェッショナルである私にはわかる。これは良い土だ。

「ありがと。この通り、私は戦闘向きじゃないからクラリスにがんばってほしいところなんだけど」

「は、はい。がんばります」

クラリスは魔法式を起動した。

得意とするのは光魔法。

見たことのない美しい魔法式が眩い光を放つ。

思わず目を閉じる。

瞼の裏が白く染まる。

光が止んで目を開けると、元通りの裏庭が広がっていた。

「えっと、どういう魔法だったの？」

ケイトがクラリスに聞く。

「光が出ます」

「それはわかったんだけど、他にも何かあるのかなって」

「いえ、光が出るだけですけど」

「他に何かできることは？」

「今のところないですかね」

「…………」

ケイトはこめかみをおさえてから言った。

「どうするの、ミーティア」

「今のは素晴らしい光だったわ。あれなら植物も気持ちよく光合成できるはず。雨が続く雨期でも大丈夫」

私は言う。

「ケイトは土でクラリスは光。そして、私は植物の生育に効果的な生活魔法を使うことができる。つまり――」

真剣な顔でうなずいてから続けた。

「私たちはすごくいい農業従事者になれると思う」

「…………」

ケイトは何言ってるんだこいつって顔で私を見ていた。

「ごめんなさい。私、これしかできないからFクラスで『ホタル』とか『懐中電灯』とか言われてて……」

深刻な顔で言うクラリス。

（あれ？　今のは私的に最大級の褒め言葉だったんだけどな）

思わぬ反応に首をかしげる。

食べるものを作る魔法の方が、戦う魔法よりずっと価値があると思うんだけど。

「大丈夫よ。ケイトの魔法制御力はたしかだし、クラリスは主人公だからそのうちどこかで覚醒してすごい魔法が使えるようになるわ。何より、大事なのは創意と工夫。うまく使えば、私たちは優勝できるだけの力を持っている」

私は髪を翻して言った。

「さあ、くだらない学園カーストをひっくり返す時間よ」


それから三人の魔法を使った作戦を考え、一週間みっちり練習して、私たちは特別実技試験当日を迎えた。

一日目はブロック予選で二日目が勝ち残ったチームによる決勝になる。

AブロックからCブロックまである中で、私たちはAブロックの予選に振り分けられていた。

最強チームと言われる王子のチームはCブロックとのこと。

Aブロックで最有力なのはSクラスの上位4チームと言われているらしい。

戦いの舞台は学園にある演習用迷宮。

元々この地にあったものを利用して作られたこの地下迷宮は全長三キロメートル。

この一角にエリアを区切るバリアを先生が製作し、その中で戦いが行われることになる。

時間が経過し、人数が減るごとにバリアの範囲は縮小していく。

チームメンバー全員が戦闘不能になるとそのチームは脱落したという判定になる。

決勝に残れるのは上位十チーム。

身体を動かしつつ待機していると、聞こえてきたのはSクラスのクラスメイトからのひそひそ声。

「見ろよ、あのチーム」

「組んでくれる子いなかったのかな」

「予選敗退してSクラスの恥さらしにだけはならないでほしいね」

「あの戦力じゃ無理でしょ」

同じAブロック予選に振り分けられた子たちだった。

仲が良い二チームらしく、クラスでも一緒にいるところをよく見る印象がある。

「油断してくれてる。好都合だわ。すべては私の想定通りに進んでいる」

口元をかくしつつ、ふふふと笑みを浮かべる。

「計画通りですね、お姉様」

手作りらしい黒い三日月のアクセサリーを揺らして言うクラリスに、ケイトが棒読みで言った。

「二人が楽しそうで何よりだよ」

退屈な学園長の話が終わって、試合の時間が迫ってくる。

試合開始前に五分間用意された位置取りを選ぶ時間。

迷宮に入るとすぐに、私は駆け出した。

「とりあえず最初は真ん中の方に陣取りましょう」

「真ん中はそっちじゃないけど」

「わかってるわ。今のはケイトを試したの。本当はこっちでしょ」

「そっちも違う」

「…………」

私は方向音痴であるみたいだった。

しっかり者のケイトに道案内をお願いする。

「不安しかない……」

「私も心配になってきました……」

二人の声には力が無かった。

おかしい。

ここに来てなぜか私に対する信頼度が下がっているような気がする。

(まあ、大事な勝負の前だし仕方ないか)

不安を感じるのは自然だし、当然のこと。

(そこはリーダーでありクイーンの私がみんなを引っ張らないとね)

「見通しの悪いこの辺りにしましょう。ケイト、お願い」

「わかった」

練習してきた通りケイトが魔法を使って戦いの準備をしてくれる。

薄暗い迷宮の壁に耳を当てて、周囲の気配を探った。

爆発のような震動が身体を揺らす。

かなり威力のある魔法のようだ。

（おそらく、Ｓクラス……）

「今のって……」

「逃げなくてほんとに大丈夫ですか？」

不安そうな二人に、首を振った。

「練習通りやれば勝てるから。任せて」

◆　◆　◆

グレイグ・オースベックは学園屈指の優秀な男子生徒として知られていた。

学園内順位は常に一桁。

何より彼が誇りに思っていたのは、その好成績を一切の自主的な学習無く達成していることだった。

（みんな、俺より必死にやっているのに俺に勝てない）

その状況をグレイグは楽しんでいたし、誰よりも努力をしていないのに上位に位置し続けている自分がこのクラスで一番優れた存在だと感じていた。

本気を出せば、学園首席だって手が届く。

ただ、本気を出していないだけだ。

そして、心の中で努力してるのにできないクラスメイトを見下していた。

SクラスとAクラスを行き来する下位の連中はもちろん、それ以下のクラスなんて、そもそも眼中に入っていない。

『予選敗退してSクラスの恥さらしにだけはならないでほしいね』

試合前に言ったその言葉は彼の本心だった。

能力の低い連中によって自分のいるSクラスの価値が下がってしまうのは許せない。

もっと上のクラスが無いから仕方なく、俺はクラス下位の連中と同じ教室にいてやっているのだ。

（近くに一チームいるな）

空気に混じる魔力の気配。

展開する魔法式。

角に隠れていた三人の生徒に、グレイグの炎魔法が注がれる。

それは下位のクラスとは次元が違う類いの魔法だった。

準備して展開していた魔法障壁は一瞬で破砕し、二人の生徒が一撃で戦闘不能になる。

「ば、化け物……！」

腰を抜かしながら逃げた最後の一人である女子生徒は、グレイグの火炎に包まれて動かなくなった。

とはいえ、制服の付与魔法による耐性強化があるので、一時的に戦闘不能状態になっているだけで生徒の安全は確保されている。

（本当は、もっと傷だらけにできていたはずなのに）

舌打ちしつつ先に進む。

別のチームの気配を感じたのはそのときだった。

勝てない相手だと判断して、逃げていくだろうと思っていたが、敵は動くこと無く迷宮の中心部の一角に陣取っている。

（相手の強さも見極められない雑魚どもめ）

顔を歪めつつ近づく。

壁を曲がったその瞬間、魔法による攻撃がグレイグに殺到した。

（この程度ね）

展開した魔法障壁は、三人が放つ攻撃を無力化する。

（ミーティア・リュミオールか。随分珍しい魔法を使っている）

異様な魔力の気配と見たことのない攻撃魔法。

先の演習でＳクラス二位の成績を出した編入生。

その実力を認めつつも、しかしグレイグはチームとしての彼らには失望を感じずにいられなかった。

土の壁を作って守りを固めるだけのＳクラス下位の女子と、攻撃魔法を放つことさえできずにピカピカ光り続けるＦクラス生。

壁と目くらましとして機能してはいるが、Ｓクラス上位の自分たちを止めるには力があまりにも不足している。

「一気に押し込むぞ」

チームメイト二人と息を合わせて魔法を放つと、敵の攻撃魔法は吹き飛び、土の壁は跡形も無く消し飛んだ。

誰が見ても明らかな力の差。

三人それぞれが持つ能力の差が覆すことのできない大きな差になって二つのチームを隔てている。

逃げようとする三人を追いつつ魔法を放つ。

敵に効果的な攻撃手段が無い状況で、三人を追い詰めるのは簡単なことだった。

攻撃を回避することができない見通しの良い場所へと追い詰めていく。

（ここなら、障害物もない）

視界がひらけたその場所に誘導して、グレイグは勝利を確信する。

「終わりだ」

グレイグが踏み込みながら魔法式を起動したそのときだった。

地面の底が抜けるような感触。

浮遊感。

視界が反転する。

（――――え？）

何が起きているのかわからなかった。

吹き抜ける空気が髪を撫でる。

落ちている。

沼のようなやわらかい土の中に叩きつけられる。

（落とし穴……！）

気づいたときには遅かった。

身体はやわらかい沼の中にはまっている。

（すべてはここに誘い込むため。Ｆクラス生が光っていたのは視覚情報を阻害するのが狙い
……！）

「貴方の中では、予選敗退したらSクラスの恥さらしになるんだっけ？」

穴の上で、ミーティア・リュミオールは長い髪をひらりとなびかせて言った。

「さようなら、Sクラスの恥さらしさん」

瞬間、殺到した生活魔法と土魔法がグレイグたち三人を戦闘不能にした。

◇　◇　◇

Sクラスの上位勢三人が戦闘不能になったのを確認して、私はほっと息を吐く。

制服に施された付与魔法によってきちんと安全も確保されている様子。

安心して私も容赦なく攻撃することができる。

(今のはなかなか良い感じにかっこよく悪女できたんじゃないかしら)

外から見た自分の姿をイメージして悦に浸る私の隣で、ケイトが呆然とした声で言った。

「うそ、本当に倒しちゃった……」

信じられないという顔で声をふるわせている。

「全部ミーティアお姉様が言った通りになりました……」

その隣でクラリスも瞳を揺らしている。

(正直、ここまでうまくいくとは思ってなかったんだけど)

しかし、チャンスなのでここで思いきりかっこつけて悪女ポイントをたくさんゲットすることにする。

「すべて計算通り。世界は既に私の手の中に落ちている」

「かっこいいです、お姉様！」

ちやほやしてくれるクラリスの前でポーズを取る。

「この調子で、他チームを撃破していきましょう」

ケイトの土魔法を利用した落とし穴作戦。

ピカピカ光るクラリスを囮にし、生活魔法で張った水の薄壁と光の屈折を利用して認識を誘導して落とし穴に誘導。

「な、なんだこれは」

「落とし穴なんて卑怯だぞ！」

上ずった声で抗議するAクラスのチーム。

「残念でした！　勝てば官軍なのよ！」

魔法を集中して撃破する。

それからも、私たちは次々と相手チームを撃破していった。

中央に陣取ったおかげで収縮するバリアが行動可能範囲を狭めても影響は少なかったし、腕に自信のあるチームが寄って来てくれるので成績は必然的に良くなっていく。

Sクラス二チーム、Aクラス三チーム、Bクラス三チームを含む十チームを撃破した私たちはAブロック予選を一位で通過。

決定的な攻撃を放った回数が一番多かったケイトが撃破数十七人で個人成績トップになった。

「わ、私が一位なんて……」

びっくりしてるケイトはかわいかった。

「ごめんなさい。一人も倒せなくて」

申し訳なさそうなクラリスの肩に手を置いて言った。

「ううん、敵が落とし穴に気づけなかったのは貴方の魔法が視界を妨害していたから。何より、主人公な貴方には秘めた力がある。覚醒したそのときがんばってくれたらいいの」

「ミーティアお姉様……！」

クラリスは瞳をふるわせて言った。

「信じてくれてありがとうございます！　私、がんばります！」

それから、クラリスは私たちに隠れて自主練習をするようになった。

ピカピカ光っているのであまり隠れられてはなかったし、攻撃魔法が使えそうな気配はまったくなかった。

でも、やる気を削いではいけないし何も言わないでおくことにする。

そのうち覚醒するだろう。主人公だし。

「まさか君たちが一位とはね」

「これは快挙だよ」

褒めてくれる先生たちに頬をゆるめる。

何よりうれしかったのは、ケイトがすごく喜んでくれたこと。

「Sクラス最下位だった私が予選一位だよ？　攻撃魔法苦手なのに。信じられない」

弾んだ声に幸せな気持ちになった。

教室では少し浮きがちなケイトだけど、これで周囲の見る目が変わればいいなと思う。

Bブロック予選では、私が勧誘を断った眼鏡の女子――カミラのチームが一位だった。

今大会最有力のチームと自分で言っていただけのことはあるらしく、彼女自身も予選一位の撃破数を記録。

「貴方たちは絶対に潰すから」

すれ違うときに小声でそう言われたので、

「貴方にできればいいわね」

と挑発しておいた。

交錯する視線。

「覚悟してなさい」と鼻をならして去って行くカミラの背中を見送りつつ、良い感じにかっこいい振る舞いができた、と口角を上げる。

（あの子といると自然に悪女な感じが出せるからいいわね）

私の中での好感度は上がっていた。

続いて、行われたのはCブロックの予選。

フェリクス王子のチームが前評判通り一位。

接敵したすべてのチームを粉砕して、私たちを超える十七チームの撃破を記録。

フェリクスは撃破人数でも二十一人を記録して全体トップだった。

ちなみに、二位は側近のロイくんで十九人。

先生たちは一位の王子を褒めていたけれど、測ったように一人少ない結果が私の中でひっかかっていた。

範囲攻撃魔法の実技演習でも感じた違和感。

（彼は王子に一位を取らせるために加減をしている可能性がある）

最も警戒すべき相手としてマークすることにする。

決勝であたるチームへの対策を考えつつ、向かったのは学園の図書館だった。

分厚い植物図鑑を借りて、いつもの屋上前で読む。

「どうして植物図鑑を読んでるの？」

予備の机に座って足をぶらぶらさせながら読んでいると、隣にケイトが座って覗き込んできた。

「迷宮に生息する毒草の植生について知りたくて」

迷宮には魔素を取り込んで育つ植物が生息している。

季節によっては毒や麻痺、催眠のような状態異常を引き起こす花粉を放つ毒草もあって、基礎的な知識といざというときのための対策が迷宮探索者にとっては必須の技能だった。

「でも、今は季節的に毒草に警戒する必要ないと思うけど」

「だからこそ勉強する価値があるのよ。毒草ってすごく悪女っぽくて私的にポイント高いし」

「明日決勝なのによく関係ない本読めるよね。みんな必死で知識の点検とかしてるのに」

「他の人と違う視点に立つのが良い悪女になるためには大切なことなの」

「良い悪女って概念的に矛盾してない？」

「してないわ。強くて気高くてかっこいいのが良い悪女なの」

「ふーん。そういうものか」

ケイトは興味ないらしく、持ち込んだ魔導書を開いて読み始める。

土魔法の項目を読んでいるのは、明日の決勝に向けて知識の再確認をしているのだろう。

階段の下では、クラリスがピカピカ光りながら魔法の練習をしている。

「私、小さい頃は神童って言われてたんだ」

不意にこぼすみたいにケイトが言った。

「でも、この学校に入ったらもっとすごい人がたくさんいて。その上、お父さんがやらかしてみんなから浮いちゃって。負けちゃダメだって平気なフリしてたけど結構きつくてさ。学校辞めようと思ってたんだ」

ケイトは本に視線を落としたまま続ける。

私もそのまま本を読んでいるフリをしていたけれど、内容は全然頭に入ってきていなかった。

ちゃんと聞かないといけないような気がしていた。

それも、聞いていないようなフリをして、
あくまで何の意味も無い雑談のような感じで。

「だから、ミーティアが話しかけてきたときやめてほしいって思ってたの。私と友達になったら仲間はずれにされるかもしれないし、私も転校していなくなっちゃうからって」

ケイトは言う。

「だけど、今は学校がちょっと楽しい。ミーティアといると嫌なこと忘れられるんだ。他の子と違って裏表がないからかな。みんなの視線が怖かったけど、ミーティアの視線は怖くない」

夕暮れの日射しが、私たちの足下に四角い光の箱のような模様を作っている。

「明日、もし今日みたいに活躍することができたら。この学校でもやっていけそうって思えたら、お母さんに転校しないって伝えようと思う。いろいろと手続きも進んでるから迷惑かけちゃうかもしれないけど。でも、勇気を出してみようと思うんだ」

「うん」

私はうなずいた。

それ以外に何を言えばいいのかわからなかったし、何を言ってもうまく伝えられない気がした。

言葉では伝えられない。

だから行動と結果で示す。

ケイトが胸を張って学校にいられるようにする。

「優勝しよう」

私は言った。

ケイトは一瞬顔を上げて私を見てから、

「うん」

と小さく言ってうなずいた。


翌日、登校した私は時計塔へ続く石畳の上でフェリクス王子を見かける。

ロイくんと黒服の大人を連れた彼は、私を見つけると寄って来て「俺の誘いを断ったこと後悔させてやる」と言う。

「正々堂々良い勝負をしましょう」と私は言う。

彼は「当然だ」と鼻を鳴らして早足で歩いて行く。

ロイくんが少し後ろを控えてついていく。

二人の背中を観察しながら、『いったいどう対策するか』と考える私に声をかけたのは王子殿下に伴って歩いていた黒服の男性だった。

「お話があります。後でこちらの場所へ」

素早く私に小さな紙片を渡す。

王子には内緒らしい。

気づかれたくないという意図を素早い所作から感じる。

(いったい何かしら)

思い当たる節はあった。

私は彼と対外的には付き合っていることになっている。

王室の人からすると、十一歳でそういうのは早すぎるし不健全だと考えるのは自然なこと。

(『別れてほしい』って言われる展開ね)

これがロマンス小説の主人公なら断るところだけど、生憎私はそういう子とは違うし、王子に対しても好意はまったくない。

彼から振られないと悪女ポイントが獲得できないから仕方なく付き合っているだけなのだ。

その点、執事さんに強要される形なら、良い感じに悪女ポイントを獲得できる可能性がある。

絶対了承しようと思いつつ、待ち合わせ場所に向かう。

背の高い生け垣が立ち並ぶ庭園の一角だった。

周囲から死角になって見えないその場所で黒服の男性は言った。

「お待ちしておりました」

「貴方が何を求めているかわかっているわ」

黒服の男性は意外そうに私を見てから言った。

「話が早くて助かります」

「私はその提案を了承しようと思っているわ。でも、ただで了承するわけにはいかない。相応の条件というものが私にもある」

「条件？」

「彼が私を振ったということにしなさい。台詞は『彼女は美しくあまりにも魅力的な悪女で俺は怖じ気づいて一緒にいることに耐えられなかった』でお願いするわ」

私の持つ悪の魅力に惹かれすぎて怖くなった王子は私と距離を置こうとするのだ。

（なんて罪な女……！　これぞ悪女……！）

心の中で悦に浸る私に、黒服の男性は淡々とした声で言った。

「貴方は少し勘違いをしているようです。私の依頼は貴方とフェリクス殿下を別れさせることではない」

「え？　違うの？」

「貴方はリュミオール家のご息女であり、魔法の才にも優れています。学生時代のお相手として、強硬手段を執る必要はないと王室は判断しています」

意外と寛容だな、と思ったものの、それも私に魔法適性がないことを知られていないから。もし知られたら、すぐに強硬手段を執ってくるんだろうなと思いつつ、私は言う。

「じゃあ、私に何を依頼したいと言うの？」

「決勝戦でフェリクス王子に勝ちを譲ってください。然るべきご配慮をお願いしたいのです」

「私にわざと負けろと言いたいの」

「殿下はこの国の未来です。この国の価値を高めるために打てる手はすべて打つ必要がある。試験と国を天秤にかければ、どちらが重要なのか答えは明白だと思いませんか」

実力主義の学園でずっと一位を取り続ける王子殿下。

その名声と結果を作るために彼はずっとこういうことを続けてきたのだろう。

もちろん、彼個人の意思ではないはずだ。

その上には王室がいて、この国の重鎮たちがいる。

「フェリクス王子はこのことを知ってるの？」

「知りません。知る必要の無いことです」

私は性悪王子を少しだけかわいそうに思った。

勝たなければいけない重圧。

勝手に競争相手に圧力をかける親と国。

自分の意思とは関係なく、ねじ曲げられた彼らが求める自分を強制される。

傷つく人もいたはずだ。

国がそんなことするなんて、と。

そして、その陰で多分彼自身も傷ついている。

親や周囲が望む自分でいないといけない。

『貴方は良い子だから私の言うことが聞ける。そうよね』

そういう痛みと苦しみを私は知っている。

「断るわ」

私の言葉に、黒服の男性は静かに首を振った。

「これは貴方が思っているよりもずっと重要な事柄です。たしかに、道理に反したことのように思えるかもしれない。しかし、それが最終的にはこの国の人々に安心をもたらし未来への希望と幸福に繋がるのです。貴方は試験の結果が人々の幸福よりも重要だと思いますか？」

「愚問ね。重要に決まってるじゃない。世界一キュートでかっこいい私の試験結果なのよ。人々の幸せなんかのためにねじ曲げられたら私がかわいそう。何より、王子の試験結果が人々の幸せに繋がるというのは虚飾で論理が破綻してるんじゃないかしら」

私は言う。

「たしかに騙されている間、人々はほんの少しだけ幸せになれるかもしれない。でも、その結果いつか落胆することになる。期待していた王子殿下はそこまでの人物では無いと言うことがいずれわかるから。期待が大きいほど失望も大きくなる。最終的には誰も幸せになれない」

「未来のことは誰にもわかりません。王子殿下が人々の希望であり続ける可能性もある」

「小さな子供にそれだけの期待を押しつける罪深さがわかってる？　結局、貴方たちが守りたいのは自分たちの立場と名誉なのよ」

「…………」

黒服の大人は何も言わなかった。

唇を引き結び、静かに私の言葉を聞いていた。

「私は貴方の提案に応じない。手段を選ばず全力で、貴方たちの綺麗な王子様を叩き潰すからそのつもりで」

はっきりとそう言って踵《きびす》を返す。

庭園を真っ直ぐに歩きながら、やりとりを思い返して心の中で私は頬をゆるめていた。

（今の私、絶対かっこよかったよね）

悦に浸っている私は気づかない。

庭園の陰から覗く第三者の姿に。

◆　◆　◆

彼は生け垣に背中を預けて二人の会話を聞いている。

まだ成長期を迎えていない身体を縮めて身を隠している。

「彼が私を振ったということにしなさい。台詞は『彼女は美しくあまりにも魅力的な悪女で俺は怖じ気づいて一緒にいることに耐えられなかった』でお願いするわ」

握った拳をふるわせる。

『なに都合の良いこと言ってるんだあの女』という怒りがそこにはある。

「貴方は少し勘違いをしているようです。私の依頼は貴方とフェリクス殿下を別れさせることではない」

「え？　違うの？」

「貴方はリュミオール家のご息女であり、魔法の才にも優れています。学生時代のお相手として、強硬手段を執る必要はないと王室は判断しています」

彼は顔を俯ける。

勇気を出して実行した自分の反抗が、さして響いていないことに落胆する。

「じゃあ、私に何を依頼したいと言うの？」

「決勝戦でフェリクス王子に勝ちを譲ってください。然るべきご配慮をお願いしたいのです」

その言葉に、彼は傷つく。

傷ついている自分に驚く。

知っていたはずなのにと思う。

それでも、本当にそれが行われている場所に居合わせるのはまったく違う痛みを伴うことを知る。

「フェリクス王子はこのことを知ってるの？」

「知りません。知る必要の無いことです」

彼は間違っていると思う。

彼らがしていることを自分は知っている。

しかし、それを伝えることが彼にはできない。

たくさんの大人がそこには関わっている。

子供である自分の独断で変えていいものではないと思っている。

彼女はその提案にうなずくだろう。

彼は俯く。

誰とも共有できない寂しさがそこにはある。

「断るわ」

その言葉に、彼は息を呑む。

目を見開いて、耳を澄ます。

「小さな子供にそれだけの期待を押しつける罪深さがわかってる？　結局、貴方たちが守りたいのは自分たちの立場と名誉なのよ」

その言葉に、彼は呼吸の仕方を忘れた。

自分がずっと言いたかったことを、言えなかったことを言ってくれたと感じている。

そんな感覚は久しぶりで、前はいつだったか思いだせないくらいで、驚いてしまう。

長い髪を揺らしながら、踵を返す彼女は小柄で小動物みたいに小さくて。

だけど、そこにはたしかな意思がある。

凛とした背中に少しだけ見とれる。

それから目を閉じ、気配を消してその場から誰もいなくなるのを待つ。

『私は貴方の提案に応じない。手段を選ばず全力で、貴方たちの綺麗な王子様を叩き潰すからそのつもりで』

彼女の言葉を反芻する。

呆然とした顔で、彼女が歩き去った庭園の一角を見つめている。

彼女たちはひそひそ声で話をしている。

調子に乗っているあの子が許せないと話している。

Sクラス生に気に入られ、落とし穴なんて卑怯な作戦で自分たちを脱落させた。

性悪なあの子をどんな手を使っても叩きのめさないといけない。

「貴方たちは正しいわ。この国の未来のために、平民が活躍するなんてあってはならないの」

そう言ったのはSクラスに所属する眼鏡の女子だった。

「作戦があるの。協力してもらえるかしら」

彼女たちはうなずく。

彼らに話を持ちかける。

Eクラスにいる彼らは計画に賛同する。

調子に乗っているあの女に正義の裁きをしてやらないといけないと思っている。

彼らは教師に見つからないように、臆病な少女を取り囲む。

口を塞ぎ、縄で縛って拘束して人気の少ない廃校舎に連れて行く。

林檎を口に押し込み、頭に水をかけて笑う。

静かな廃校舎に楽しげな声が響く。

◇　◇　◇

特別実技試験決勝の試合前、最後の休み時間。

クラリスは待ち合わせた時計塔前のベンチに来なかった。

私は大きな時計盤に並ぶ、剣先のような二つの針を見上げて眉をひそめる。

「どうして来ないと思う？」

「何かやむを得ない事情があるんじゃない？　先生に呼びだされたとかさ」

ケイトは落ち着いた声で言う。

「打ち合わせは試合前にやろう。授業に間に合わなくなっちゃうから」

うながされて、教室に戻る。

眼鏡の女子――カミラが口角を上げて私たちを一瞬見る。

その表情に、見過ごしてはいけない何かが含まれているのを感じる。

「何かされたって可能性はない？」

小声で言った私に、ケイトは口元に手をやって言った。

「私もそれ思った。いや、いくらなんでもそこまではしないと思うんだけど」

「予選で目立ちすぎたのが原因かも。最下位予想されてた私たちが予選一位だったことをよく思っていない人は多いはず」

「大丈夫かな……思い過ごしだといいんだけど」

「私、探してくる」

教室を出ようとする。

「どこに行くつもり？」

私の前にカミラが立つ。

「貴方には関係ないでしょ」

「もう授業が始まるんだけど。クラスの輪を乱さないでもらえる？」
授業開始を告げる鐘が鳴ったのはそのときだった。
先生が入って来て、私たちに席に着くように伝える。
自分の席に座りながら、私は自分の中にある違和感を精査する。
なぜ彼女は私が教室の外に出るのを止めたのか。
やっぱり無事かどうか確認しないといけないと思う。
友達はこんな授業の五億倍大切だ。
「先生。頭痛と吐き気と腰痛と空腹がすごいので保健室に行きます」
私は保健室に向かうフリをして、Ｆクラスのある南棟に向かう。
外からこっそり教室の中をうかがう。
（クラリスがいない）
嫌な予感がしている。
最悪の事態を想定する。
悪しき不良どもがクラリスを連れていくとすればどこだろうか。
「ミーティア！　クラリスはいた？」
ケイトが走ってくる。
心配になって私と同じように授業を抜け出して来たらしい。

いじめっ子がクラリスを連れて行くのに適したところはないか聞く。

「可能性が高いのは廃校舎かも。あそこは素行不良な生徒のたまり場になってるって聞いたことがあるから」

廃校舎に向かう。

今は使われていないくすんだ灰色の建物。

止まったままの時計。

誰もいないはずのそこから、かすかに笑い声が漏れている。

全力で走って、笑い声が漏れる扉を開けた。

冷たい水が私の靴を濡らした。

簀巻《すま》きにされたクラリスが中心で横たわっている。

ホースで水をかけられたらしくあたりは水浸しになっている。

「なんでここに……」

声を上ずらせる不良生徒たち。

凍り付いたみたいに静止する時間。

「大丈夫だ。教師は連れてきてない」

私とケイトしかいないことを確認する。

表情に余裕と落ち着きが戻る。

「調子に乗っているこいつにあるべき態度を教えてやってるんだよ」

「平民が魔法国貴族の俺たちに恥をかかせるなんてあってはならない。常識だ」

不良生徒が私を取り囲む。

「特別実技試験で成績が良かったからって調子に乗んなよ。ルール無用ならお前より俺たちの方が強い」

その手には工具と刃物が握られている。

ケイトが息を呑む。

張り詰めた空気。

私は静かに彼らを見返して言う。

「この世界にはね。怒らせてはいけない人がいることを知ってる？」

「怒らせてはいけない人？」

怪訝な顔をする不良生徒たち。

「それが私よ」

魔法式が起動する。

私は掃除用の風魔法で不良生徒を壁に叩きつける。

持っていた刃物が床を転がる。

身体が軋む風圧で押しつぶしながら、彼らの口を生活魔法で作ったわずかな水の塊で覆った。

「……ぐ……ああ……！」

息ができないことに気づき、目を見開く不良生徒。

怒りは混乱に変わる。

何が起きているのかわからないという表情。

「もしかして、まだ自分が死なないと思っているのかしら」

感情を込めずに言うと、不良生徒は怯えた様子で瞳をふるわせた。

目の縁に涙の粒が浮かぶ。

酸素が不足した身体が痙攣《けいれん》する。

二度と反抗できないところまで心を折ってから、魔法を解除した。

くずおれて両手を床につき、何かが擦れるような壮絶な声で荒く息をする不良生徒たち。

大きく上下する背中を見下ろして私は言う。

「理解できたかしら。次に私の友達を傷つけたら、こんなものでは済まない。一生後悔することになるからそのつもりで」

抵抗する意志がないことを確認してから、クラリスの拘束を解き、《温風で髪を乾かす魔法》を使って濡れた身体をあたためる。

「怖かったわよね。大丈夫？」

「ありがとうございます、お姉様……！」

「意外と元気そうね」

「私、こういうこと昔から多かったので」

この子たくましい、と感心する。

不幸体質でくじけない強さがある。

やっぱり主人公だ、と思ってから不良生徒たちに向き直る。

「貴方たちが単独でこんな大それた事をするとは思えない。誰かにそそのかされたんじゃないの」

「…………」

口を閉ざして俯く不良生徒たちに私は言った。

「答えないと、さっきよりもっと怖い思いをすることになるわよ？」


不良生徒はあっさり陥落してすべてを話してくれた。

犯人はSクラスのカミラ。

プライドを傷つけられた私への嫌がらせとして、決勝に出られなくしようとしたらしい。

「まさかそこまでするなんて」

ケイトは唇を引き結んでから言う。

「先生たちに伝えよう。これはれっきとした犯罪行為だよ」

私たちは教員室に行って先生たちにこの事件についての詳細を話した。

「話してくれてありがとう。このことについては私たちで処理するから、なるべく人には話さないように」

先生の答え方はどことなく歯切れが悪かった。

なんとなく、何を考えているのか私にはわかった。

「あの先生、多分隠蔽するつもりだと思う」

「そんなこと……」

ケイトはそこまで言って、顔を俯けた。

「そうかもね。お父さんもいけないことをして隠していたし」

「それが真実とも限らないけどね」

「どういうこと？」

「ケイトのお父さんが誰かに責任を負わされてるって可能性もあるってこと。大人の世界ってなかなか汚いものだから」

私は言う。

「だからこそ、私たちも負けちゃいけない。汚い裏工作なんて全部ぶっ飛ばして、誰が一番強いのかみんなにわからせてあげましょう」

考えてきた作戦を二人に伝える。

時間はあっという間に過ぎていく。

集合時間になって、私たちは迷宮前にできた参加生徒の列に並ぶ。

カミラが私の隣にいるクラリスを見て、頬をひきつらせた。

「何か予想外のことでもあったかしら」

「いえ、別に」

「正々堂々良い勝負をしましょう」

皮肉を込めて目を細める。

カミラは何も言わずそっぽを向いて歩いて行く。

入れ替わるようにして近づいてきたのはフェリクス王子だった。

「お前、さ……」

「何かしら？」

どうせいつもみたいに小声で悪口とか言ってくるんだろうと思っていたけれど、どうやらそういうわけでもない様子。

「なんでもない」

と言って、私に背を向ける。

いつもと違う様子に、首をかしげているうちに試合開始の時刻になった。

位置取り探しの時間を利用して、事前に決めた作戦通り、三人で迷宮の中心に走ってケイトの土魔法で落とし穴を作る。

（問題は、こちらの手の内がおそらく相手に知られていること。対策はしてきてるはずだし、特にカミラは他にも何らかの手を打っている可能性がある）

もしそうなら、最初に標的にするのは私たちだろう。

なるべく邪魔が入りづらい状況で、確実に私たちを仕留めておきたいに違いない。

耳を澄ませて、意識を集中する。

魔力の気配が近づいてくる。

◆　◆　◆

カミラ・レイスは特別実技試験決勝に向けて一つの策を準備していた。

それはSクラスに所属する三チームによる裏協定。

悟られないように注意しつつ手を組んで、合同で厄介なチームを潰す。

（準備しておいてよかったわ。確実にあの私を侮辱した編入生を潰すことができる）

加えて、カミラはAブロック予選で敗退した生徒からミーティアのチームの戦い方についての情報を収集していた。

珍しい光魔法で視覚情報の妨害をしつつ、土魔法の落とし穴に落としてから攻撃魔法を集中する。

ずる賢い性悪豆粒らしい卑怯な作戦だが、種がわかっていれば対策するのは簡単なことだった。

氷魔法で壁を作り、視界を覆う光を阻害する。

その上で地面に分厚い氷を張って、落とし穴を無力化した。

自分たちの策が完全に潰され、息を呑む豆粒とその仲間。

慌てた様子で奥に逃げる三人を、三チームで連係しつつ追い詰めていく。

地形を利用し、水に落ちた虫みたいに必死で逃げていたけれど、それもわずかな時間を稼ぐことしかできない。

焦らず冷静に攻撃を続ける。

倒そうとする必要は無い。

終わりの時は自然に訪れる。

狭い通路を曲がった先に見えたのは、壁の前で立ちすくむ三人だった。

(行き止まり。チェックメイト)

苦し紛れに放つ攻撃魔法を、魔術障壁で無力化する。

九重に重ねられた障壁は、空気のわずかな震動さえ通さなかった。

警戒しているのが馬鹿らしく思えるほどに、力の差は明らか。

地力でも優位がある上に、こちらには三倍の人数がいる。

カミラが放った炎魔法は、ケイトの魔法障壁を跡形も無く消し飛ばした。

攻撃を防ぐ手段はすべて潰えている。

(消えなさい性悪豆粒。これで終わりよ)

とどめとなる攻撃魔法を放つために魔法式を起動する。

そのとき、感じたのはかすかな違和感だった。

(あれ……？)

何かがおかしいと感覚的に気づく。

しかし、何がおかしいのかがわからない。

はっとする。

描いた魔法式が歪んでいる。

長時間何かに圧迫されていたときのような痺れが、身体の動きをぎこちないものにしている。

(手足が痺れて……？)

(いったい何が)

周囲を見回したカミラが見たのは、迷宮の壁に空いた亀裂のような裂け目。

その中にびっしりと群生する迷宮植物だった。

(何故迷宮植物がこんなに……？)

それは身体を痺れさせる麻痺毒を伴う花粉を発生させる毒草だった。

季節柄、今は花粉を出さないはずの迷宮植物。

しかし現実として、自分の身体には明らかに花粉の毒による症状が出ている。

よろめいてバランスを崩す。

立っていることができず、膝を突く。

背筋に冷たいものが伝う。

（まさか、誘い込まれた……!?）

◇　◇　◇

予選で迷宮に入ったとき、私は片隅にその迷宮植物が群生していることに気づいていた。

農業従事者である私の明晰な頭脳の中には、植物学の知識も入っている。

生育に適した環境と花粉を発生させる条件。

作物を育てる生活魔法に習熟している私にとって、その成長を促進させ必要な花粉を発生させるのは決して難しいことではなかった。

加えて、《微弱な風を発生させる魔法》で気づかれないように空気の流れを制御し、敵チームの周囲に花粉が集中するように調整する。

三倍の人数はさすがに予想外で、一方的な展開に正直かなり焦ったけど。

それでも、効果が出始めてからは早かった。

身体が痺れて、うまく魔法式を起動できない生徒たち。

想定していない事態。愕然とした表情。

圧勝だったはずの形勢が瞬く間に入れ替わる。

何一つ抵抗することもできないまま、静かに戦いは終わった。

「残念でした。私の方が一枚上手だったみたいね」

前に歩みでて言うと、カミラは唇を噛んで言った。

「卑怯者……そんなやり方で勝ってうれしいの？」

「うれしいわよ。こういうやり方の方が私は楽しい。やっぱり悪の魅力にこそ私は惹かれるの。貴方みたいな小物ではなく本物の悪の魅力にね。卑怯な裏工作した上、三倍の人数で負けてどんな気分？」

私は言う。

「次に私の友達を傷つけたらこんなものでは済まないから」

カミラを《飲み物に入れる氷を作る魔法》でボコボコにする。

戦闘不能になったことを確認してから、ケイトと二人で動けなくなった子たちを一人ずつ倒して脱落させた。

「すごいよ、ミーティア。あんな奥の手があったなんて」

弾んだ声で言うケイト。

「なんという策略……！　かっこいいですお姉様！」

キラキラした目のクラリスに、頬を緩ませる。

（ふっふっふ、そうでしょうそうでしょう）

うっかり喜びを表に出しそうになってから気を引き締める。

（いけない。承認欲求モンスターに負けずしっかり悪女しないと）

クールな雰囲気を意識して、髪をかき上げる。

「まだ戦いは始まったばかりよ。有力なチームは他にも多くいるし、何より一番の難敵も残っている」

次なる敵に向けて準備を整える。

最も警戒すべきは大会最強の呼び声高い王子殿下のチーム。

（八百長しているといっても、それだけでここまで噂を立てずに学年首席を維持することはできないはず）

フェリクス王子は相当の実力を持っているはずだし、さらに警戒すべきはその隣にいるロイ・エドウィルド。

仕掛けた罠を効果的に使うためにも、他の敵との交戦はできるだけ避けたい。

幸い、私たちが罠を使って予選一位を記録したことを他のチームも知っているようで、積極的に近づいてこようとはしていない様子。

そんな中で感じた魔力の気配に私は胸を高鳴らせた。

（フェリクスのチーム……！）

手の内を見せず、消耗も少ない状況で向こうから近づいてきてくれた。

これ以上無い絶好のチャンス。

息を潜めて、相手を引きつける。

（まだよ……もう少し……）

しっかり引き込んでから、私は口を開いた。

「今よ！」

ケイトとクラリスと連係して攻撃魔法を放つ。

視界を覆う光と共に殺到する角氷と土塊の雨。

瞬間、目の前の壁を吹き飛ばした爆轟と魔力の気配に私は息を呑んだ。

（私たちの攻撃魔法が一瞬で……）

ものが違うのはすぐにわかった。

魔法式の質と精度が全然違う。

フェリクスとロイの攻撃魔法は、他のSクラス生とは一線を画した威力と精度を備えている。

（やっぱりこのチームが一番強い……！）

正面からの力比べではまるで歯が立たない。

火力で押し負けた私たちは、逃げるように後退する。

追ってくる敵の姿。

正しい判断だ。

隙を見せた敵は徹底的に追い込んで仕留めるのが戦いの常套《じょうとう》手段。

負けたことがない王子殿下のチームだからこそ、判断に迷いはない。

追撃の攻撃魔法が迫る。

命からがら紙一重でかわしながら、私は口角を上げた。

(計画通り)

すべてはあらかじめ、考えていた作戦通り。

常に勝利し続け、敗北を知らない彼らだからこそ気づけない。

私たちが最初からこの状況を想定していたことに。

カミラのチームにしたのと同じように、迷宮植物の罠に誘い込む。

最初に罠の有効範囲に入って来たのは、私に代わって入ったクラス六位のSクラス生だった。

続いてロイ・エドウィルドが。最後にフェリクス王子が有効範囲に入る。

魔法と魔法が激しく交錯する中、身体を痺れさせる麻痺毒が三人の身体に入っていく。

まず、異変が起きたのは最初に効果範囲に入ったクラス六位のSクラス生だった。

魔法式が歪み、攻撃魔法の効果が弱まる。何が起きているのかわからず目を見開き、それからバランスを崩して膝を突く。

動揺する三人。

ロイ・エドウィルドとフェリクス王子の魔法式にも歪みが生じている。

「今よ！　一気に片を付ける！」

ケイトとクラリスに指示を出す。

クラリスの光魔法で視界を潰し、ケイトの土魔法と私の生活魔法で総攻撃。

通常攻撃魔法より出力こそ低いものの、魔法式の効率化と連射速度によってSクラス上位勢と変わらない威力を持つ私の生活魔法だ。

攻撃向きではないとはいえ、ケイトも国一番の学校でSクラスに入れるだけの優れた魔法技術を持っている。

王子たち三人を圧倒する私たちの魔法。

Sクラス六位の男子が戦闘不能になる。

一人欠けたことで、敵の反撃がはっきりと弱くなる。

（もらった！）

そのまま一気にとどめを刺そうと攻撃を集中したそのときだった。

（え――――）

増大する魔力の気配。

麻痺によって正常に起動できず歪んだ魔法式が眩く発光する。

瞬間、すさまじい轟雷がすべてを白く染めた。

音圧が鼓膜を叩き、大地が揺れる。

何かが焦げた臭いがする。

隣でケイトが倒れている。

「は……？」

追い込んでいたのは私たちの方だったはずだ。

数で優位に立っていたし、仕掛けた罠もたしかに機能していた。

ロイ・エドウィルドは迷宮植物の罠によって身体が麻痺し、魔法を正常起動することもできなくなっていて。

にもかかわらず、ケイトは一瞬で戦闘不能になっている。

制服に施された防御付与がなければ、身体が蒸発してるんじゃないかとさえ思える異常な威力。

（おかしい……ありえないはずのことが起きている）

何が起きているのかわからない。

しかし、取るべき行動はすぐに定まった。

「クラリス、逃げるわよ！」

「わかりました！」

クラリスが目くらましの光魔法を放つ。

視界を封じて、攻撃を妨害し時間を稼ぐという選択。

しかし、私たちが安全な横穴に逃げ込むよりも早くロイ・エドウィルドは次の攻撃を放っていた。

起動する大きな魔法式。

（一帯全域に……！）

視界が塞がれたなら、攻撃範囲全てに電撃を叩き込むという判断。

横穴に飛び込もうとするけれど、一撃必殺の電撃の方がほんの一瞬だけ早かった。

（間に合わない！）

敗北を悟って唇を噛んだそのとき、感じたのは何かに突き飛ばされる感触だった。

クラリスが私の背中を押しているのが視界の端に見える。

稲光が横穴を染める。

溶け出す迷宮の地面。

何かが焦げる臭い。

クラリスが倒れている。

（この子、自分よりも私を優先して……）

主人公みたいな子だとは思っていた。

自分を犠牲にして誰かを守れるような子だったらいいなって思っていた。

それは私が望んでいた物語の一節のようでもある。

優しい主人公はライバルである悪女だって身を挺して助けてくれて。

なのに、今の私はそれをうれしいと思えなかった。

(ほんと、バカなんだから……)

このままでは終われない。

主人公に助けられて終わりだなんて、そんなよくいる悪役みたいな感じで終わるわけにはいかない。

物語をねじ曲げ、私が頂点に立つ。

チームメイトの二人と一緒に優勝する。

決意を胸に、私は横穴の奥へと地面を蹴る。

◆　◆　◆

「逃げられましたか」

横穴を見て、ロイ・エドウィルドは言う。

機械のような無表情。

それから、手を握って開き、身体の麻痺を確認する。

「今のはなんだ」

言ったのはフェリクスだった。

まだ痺れが残っている身体で、ロイに近づき肩を掴む。

「答えろ。今のはなんだ」

「私の魔法です」

「何か使っただろう。俺の目はごまかせない」

「何も使っていません」

「答えなければ、俺は父にお前の更迭を依頼する」

「…………」

ロイは押し黙ってから言った。

「一級遺物『雷花のペンダント』です。使用者の放つ電撃魔法の出力を二倍にする」

「二倍であの威力は出ないはずだ」

「王室御用達の職人によって強化調整と魔法付与が施されています。正確な上昇量は私もわかりません」

「魔道具の持ち込みは禁止だろう。試験なのだから正々堂々対等な条件で臨まなければ」

「それが建前に過ぎないのは誰よりも殿下がご存じでしょう」

ロイは淡々とした口調で言う。

「この学園が完全実力主義を掲げているのはその方が肩書きとしての価値が高まるから。一部の生徒は見えないところで優遇されている。学園への寄付金が多い生徒が、皆平均以上の成績を出しているのが偶然では無いことは殿下が誰よりも知っているはずです」

「だとしても、これは明確に学園の規則に反している」

「学園長の許可は得ています。告発しても無駄ですよ。監査組織もこちらの味方です」

ロイは首を振ってから続ける。

「すべては父と王室の意志です。王室の権威を維持するために貴方は優れた才覚の持ち主であることを示し続ける必要がある」

「俺は兄のスペアだ。実際に王にはならない」

「だとしても、です。有力貴族が名を連ねる《三百人委員会》が影響力を増す中、状況は第二王子殿下が十代だった頃より切迫している」

「だからってやっていいことと悪いことがあるだろう」

フェリクスはロイを睨む。

ロイは表情を変えない。

「貴方を学年首席の座につけ続けるためにどんなことでもしろと私は父から厳命されています」

「誠実に努力した者を踏みにじってもか」

「この世界は元々理不尽で不平等なものです」

ロイは冷たい声で言う。

「貴方は、自らの欲のために簡単に命さえ奪う連中に国を奪われていいのですか。汚れた世界の中で懸命に国を守ろうと戦ってきた貴方の父上や祖父君、王政派の人たちの努力を踏みにじるのですか」

「それは……」

「我々にはどんな手段を使っても、果たさなければならない責務があるのです」

「………」

その言葉に、フェリクスは何も言えなくなる。

王室のために、数え切れないくらい多くの人が自らの人生を捧げている。

父も母も兄も、自分より国を優先して生きるのが当然のことで。

すべての人にそれを期待されていて。

生まれたときから、自分は鎖で繋がれている。

「貴方が好きなものを選んで良いのよ」と母は言う。

だけど、本当に好きなものを選ぶと母の顔は曇る。

父の顔も、大人たちの顔も曇る。

「やっぱりこっちで」と自分が好きではないものを選ぶとみんなが喜ぶ。

そういう風に生きないといけないのだ、と感じている。

真面目に、足を踏み外さないように歩く。

兄だってそうだ。

対外的には遊び人として知られる兄がそういう風評を流したのは、自分を次期国王として推すことで国を二つに割ろうとする勢力への牽制で。

結局、自分たちには悲しいくらいに自由はないのだ。

そして、自分には次期国王としての期待もない。

万が一に備えての代替品。

反発したくて兄が気にかけているという編入生と付き合ってみても、何も変わらなかった。

心が沈んでいく。

ふがいない、と思う。

間違いだってわかっているのに。

それを否定できる強さが自分にはない。

しばしの間、押し黙ってから深く息を吐いた。

「そうだな」

フェリクスは言った。

泥水を強引に飲んだような、ざらついた後味が残った。

◇　◇　◇

クラリスに助けられ、なんとか生き延びることができた私だったけど、状況は考えたくないくらいに厳しいものだった。

三人で一チームの団体戦を一人で戦わないといけない。

攻撃してくる他チームから、全力で逃げ続けてなんとか身を守る。

時間経過とともに外縁部のバリアが収縮し戦闘範囲が狭まって、逃げるのはさらに難しくなる。

ケイトが残した落とし穴の中に埋まって隠れたり、迷宮の小さな横穴に芋虫みたいに丸まって身を隠したりしながら、私はなんとか生き残り続けていた。

恥も外聞も無い逃げ方と隠れ方のせいで、髪は土がついてるし、制服も随分汚れてしまっている。

(華麗な悪女としてなんてダメダメな振る舞い……)

と少し落ち込んだ私だけど、

(いや、待て。逆境に追い落とされてみすぼらしい感じになるのはむしろ悪女っぽいのでは！)

と元気を取り戻した。

大切なのは外見の美しさよりも心の気高さ。

優れた魂の持ち主なら、みすぼらしい服でも動じることはない。

私が憧れる華麗な悪女様も、陰では結構泥臭くがんばっていた。

何より、私にはどんなに厳しい状況になっても、あきらめるわけにはいかない理由がある。

『明日、もし今日みたいに活躍することができたら。この学校でもやっていけそうって思えたら、お母さんに転校しないって伝えようと思う。いろいろと手続きも進んでるから迷惑かけちゃうかもしれないけど。でも、勇気を出してみようと思うんだ』

きっとこのままではケイトは転校してしまう。

一緒にいるためには、『この学校でもやっていけそう』と思えるくらいの大きな成果を私が持ち帰らないといけない。

(優勝すれば、状況は変わる)

成績が上がれば、それがそのままスクールカーストにも影響するのがこの学園の校風。

ケイトの場合はお父さんの問題もあるから、簡単にはいかないかもしれないけれど、でも引き留められる可能性も出てくるはずだ。

夕暮れの屋上前。

二人で並んで話したあの日。

秘密の箱を開けるみたいに話してくれたケイトの言葉がリフレインする。

『ミーティアといると嫌なこと忘れられるんだ。他の子と違って裏表がないからかな。みんなの視線が怖かったけど、ミーティアの視線は怖くない』

学校でできた初めての友達。

失いたくない。

（それに、優勝すればクラリスへのいじめも無くなるはず）

身を挺して私を助けてくれた友達。

二人の力があったから、今私はここにいる。

独りじゃない。

一人だとしても独りじゃない。

（問題は、ロイ・エドウィルドをどうするか）

迷宮植物による罠はたしかに効いていた。

魔法式だって歪んでいたにもかかわらず、放たれた攻撃魔法の威力は明らかに異常なもので。

（多分、私が知らない何かがある）

それが何か私にはわからない。

圧倒的な才能かもしれないし、何らかの不正をしているのかもしれない。

（でも、それでいい）

手段を選ばないやり方自体は嫌いじゃない。

気に入らないのは、仮に不正だとすればその行為が学校ぐるみで行われているということ。

大人たちが子供を巻き込んで、よくないやり方を強制させている。

『決勝戦でフェリクス王子に勝ちを譲ってください。然るべきご配慮をお願いしたいのです』

それは私が嫌いな惰弱でかっこ悪い悪だ。

だからこそ、かっこいい本物の悪で叩き潰す。

（私一人で、あの二人を倒すには……）

私は作戦を考える。

◆　◆　◆

フェリクス王子率いるチームは、脱落者が一人出たにもかかわらず圧倒的な力で周辺区域一帯を制圧していた。

撃破数一位は学年首席であるフェリクス王子自身。

予選に続き決勝でも、二十を超える撃破数を記録していたが、純粋な実力によるものではないと彼は感じている。

反撃の目を削ぎ王子が敵を圧倒できる状況を作っているのは、隣にいるロイ・エドウィルド。

ありのままではなく、あるべき自分であることを求められる。

そのために必死で、人生を捧げて魔法に打ち込んでいる。

魔法が楽しいなんて思ったことがない。

それは生きているためにしなければならない苦役だ。

みんなにはある自由に使える時間が自分には無い。

友達と遊んだ経験が自分には無い。
家庭教師と魔法の練習を繰り返す。
喜びはない。
悲しみもない。
味のしないガムみたいな時間が永遠に続いているように感じられる。
時々、何のために生きているのかわからなくなる。
喜びも自由もない。
ただ、人形のように周囲が望む自分を演じているだけ。
（苦しい。ただただ苦しい）
だが、それでいいと皆は言う。
そうあるべきだと望んでいる。
耐えられなくて座り込んでしまいたくなったとき、彼は感じる痛みから目をそらす。
考えない。
感じない。
最初からなかったことにする。
現実を直視してはいけないのだ。
正気になんてなったら生きていけないほどに、この世界の現実は歪んでいる。

そうやって進んできた。

足を止めることは許されないから。

クラスメイトを殲滅《せんめつ》する。

躊躇《ちゅうちょ》も慈悲も無い圧倒的な勝ち方。

当然だ。

自分たちは三歳の頃から、途方もない時間を犠牲にして魔法に捧げている。

「残っているのは二チームですか」

ロイの言葉に、フェリクスは言った。

「もう一人、ミーティア・リュミオールもいる」

「一人では、我々の敵にはなり得ない。うまく隠れてはいますが、それもただ逃げ回っているだけのこと。警戒すべきは他の二チームです」

その二チームは共にSクラスのクラスメイトだった。

一チームは一人欠けているようだが、もう一チームは三人全員が生き残っている。

行動範囲を狭めるバリアは半径二十メートルのところまで縮まっていた。

互いに居場所はわかっているが、手を出せば漁夫の利を狙われる三すくみの状態。

「仕掛けます」

「わかった」

最初に動いたのはフェリクスのチームだった。

狙うは、最も警戒すべき三人全員が生存しているチーム。

先に飛び出したロイが電撃魔法で戦線を切り開く。

三人を相手にしてなお、その表情に焦りはまったくない。

魔法障壁を消耗させ、反撃の芽を摘み取ったところでフェリクスの放つ氷魔法がすべてを吹き飛ばした。

ロイが周囲から見えないように起動した補助魔法の効果で、その火力は二倍に跳ね上がっている。

何一つさせずに数で勝るチームを蹂躙《じゅうりん》した二人だが、その背中を狙って残るもう一チームが動いていた。

数の上では二対二だが、状況は奇襲した側がはるかに有利。

息を合わせ攻撃を放つ二人の女子生徒。

不意を突かれたロイとフェリクスは魔法障壁を破壊され、立て直せないところまで一気に押し込まれて――

それから暴力的な力の差で女子生徒二人を一蹴した。

卓越した個人能力と隠し持った魔道具が生み出す力の差は、純粋な駆け引きで太刀打ちできる域を超えている。

(仕掛けてこない、か)

フェリクスは少し意外に思っている。

ミーティア・リュミオールに勝機があるとすれば今の瞬間だった。

奇襲を仕掛けた二人に続き、不意を打って背中を狙い攻撃を仕掛ける。

だからこそ、フェリクスとロイはそこまで先を読み、背後を取られづらいポジションを意識していたのだが。

「タイミングを逸しましたね。隠れることに必死で飛び出す準備ができていなかったか。何にせよ、勝負は決しました」

ロイは言う。

「数の上でも利はこちらにある。正面から確実にすり潰しましょう」

空気に混じるわずかな魔力の気配で、位置関係はおおよそ把握できている。

入り組んだ横穴の奥に隠れるミーティアに向けて少しずつ距離を詰める。

隠れていそうな一角に狙いを定め、ロイが電撃を放つ。

薄暗い一帯が白く染まる。

迷宮がかすかに震動する。

粉塵と崩落した砂礫の落ちる音。

そこに混じる知っている臭いにロイは眉をひそめた。

「迷宮植物の花粉ですか」

無駄なことを、と言いたげな表情。

全身を麻痺させる花粉の罠は、既に一度打ち破っている。

狭く密閉された空間では無く、風通しの良い位置に立つ工夫もしているし、恐れるような必要はまるでない。

ロイとフェリクスは魔法を放ち、安全な位置から横穴の奥を狙う。

最初に異常に気づいたのはフェリクスの方だった。

「臭いが増してないか……？」

「そんなことは」

そこまで言ってロイは唇を噛んだ。

花粉の量が明らかに増している。

「早く仕留めた方が良さそうですね」

ミーティア・リュミオールは何かを仕掛けている。

ロイは目をこらし、ミーティアの罠を看破しようとする。

瞬間、崩落した横穴の奥に広がっていた光景にロイは息を呑んだ。

「あれは……」

そこに広がっていたのは、一面に隙間無く群生する異常な量の迷宮植物。

正気の沙汰とは思えないおびただしい量の迷宮植物が隙間無く空間を埋め尽くすように広がって

いる。

湧き出る花粉は土煙のようだった。

それは急速に広がって、フェリクスとロイの立つ開けた一角も覆い尽くす。

一刻も早く離脱するべき状況だが、それはできない。

行動範囲はバリアによって制限されている。

「攻撃を！　ミーティア・リュミオールを仕留めます」

二人で奥に向け攻撃魔法を放つ。

全身に痺れが回る前に、決着を付けないといけない。

「しかし、この異常な量と濃度。ミーティア自身も無事では……」

魔法を放ちながら、呆然と言うフェリクス。

「全身が麻痺して既に動けなくなっているはずです。しかし、それでも彼女は自分を犠牲にして勝利をもぎ取ろうとしている」

ロイは歯嚙みして言った。

「彼女の狙いは、ここにいる全員を麻痺させ行動不能にし、両チームの優勝という形でこのチームサバイバルを終わらせること。自分で倒すつもりは最初から無かったんです」

それは考えるだけでも恐ろしい作戦だった。

自分が誰よりも近くで多量の花粉を吸い込みながら、自ら動けなくなることを選択して他チームを巻き込み戦いを終わらせる。

自らの勝利を捨てた、さながら自爆のような戦い方。

しかし、だからこそ恐ろしい。

花粉が充満しきった穴の奥に入れば、身体の痺れは増し魔法を使うことも困難になる。

こちらにできるのは遠隔からの攻撃だけ。

頼みの綱である魔力の気配も、迷宮植物の発する魔力とそこにかけられた生活魔法の残滓《ざんし》によってまるでたどれなくなってしまっていた。

入り組んだ地形のどこかで動けなくなったミーティアをこの位置から仕留めるのは、突出した能力を持つ二人でも簡単にできることではない。

いつも機械のように冷静なロイの額に汗が滲んでいる。

（絶望的だった状況から、一人で俺たちを追い詰めている……）

フェリクスはロイの横顔を呆然と見つめる。

こんなことができるなんて。

自分が知る魔法を使っての純粋な力比べとはまったく違う戦い方。

最初に膝を折ったのはロイの方だった。

ミーティアを仕留めなければならないと焦った結果、フェリクスより多くの花粉を吸い込んでしまっていたのだろう。

全身が痺れ、うまく身体が動かせない様子のロイ。

それでも諦めることを彼は許されていない。

力を振り絞って攻撃魔法を放つ。

しかし、手応えがない。

(俺も限界か……)

身体を支えられなくなり、崩れ落ちるフェリクス。

最後に描いた魔法式は、形になることなく霧散する。

隣でロイはなんとか魔法を放ち続けていたが、最後には魔法式を起動させることもできなくなって倒れ込んだ。

静かになった迷宮の中。

「やっと倒れてくれたわね」

聞こえた声にフェリクスは背筋に冷たいものを感じた。

動かない身体で身をよじって、なんとか視線を後ろに向ける。

ミーティア・リュミオールがそこにいた。

壁にもたれ、力なく座り込んでいる。

「いつからそこに……?」

「最初からよ。水魔法で薄い壁を張って、光の屈折で見えないように姿を消していた。生活魔法は魔法式が簡単だから、麻痺してる状態でも扱いやすかったので助かったわ」

「まさか、何の遮蔽物もないところにいるはずがないという思い込みを利用して――」

「そういうこと」

ミーティアは口だけ動かして言う。

「《作物を育てる魔法》をかけまくって迷宮植物を育ててるときに、花粉をたくさん吸い込んでしまったから、私ももう動けないけどね」

「どうしてそこまで」

「友達を守るためだもの。どんなことでもするわ」

相当疲弊しているのだろう。

それでも、力を振り絞って魔法式を展開する。

「引き分けなんてまっぴらよ。私は常に勝利を取りに行く。決着を付けましょう。《飲み物に入れる氷を作る魔法》」

全身が麻痺している状態でも使える簡素な魔法式。

この状況でも起動できる生活魔法は、勝負を決める決定的な差になった。

軽んじられている価値の低い魔法が、動けなくなったロイの身体に降り注いで戦闘不能にする。

「お前は、すごいな」

自然と言葉が漏れていた。

「……脳まで麻痺が回った？」

困惑した声のミーティアに力なく笑ってから続ける。

「本心だ。もうお前には全部知られてるからな。虚勢を張って強い言葉を使う必要も無い」

「なるほど、そういう理由ね」

「不正によるお膳立てで一位だっただけ。本当の俺には何もない」

自嘲するように言ったフェリクスにミーティアは言った。

「何もないなんてことはないわ。性格は最悪だし、女子なのに関係なく叩いてくるし、そのくせ外面は良い最低クソ野郎よ。自己憐憫でなかったことにしようとしないでくれる？」

「……そうだな。最低だ」

「最悪な性格は裏表がなくて付き合いやすいし、殴ってくる力も私と同じくらいに加減しているのを感じるけどね。外面が良いのも真面目で自分の立場への責任感があるから。結局のところ、貴方は子供なのにがんばりすぎなのよ」

ミーティアは言う。

「貴方の魔法を見ればわかるわ。貴方はクラスの誰よりも努力してる。しかも、自分のためじゃなくて周囲の人のために。それって結果とか成績よりもずっと価値のあることよ」

「周囲の望む通りに動いているだけ。流されてるだけだ」

「私も同じように考えてたわ。どうして我慢してしまうんだろう、自分が出せないんだろうって」

「お前が？」

「そういう時代もあったのよ」

ミーティアは遠くを見つめるような目をした。

ここではない違うどこか別の世界を見ているみたいな目だった。

「私は私が好きじゃなかった。でも、今貴方を見て少し間違ってたなって思ったわ」

フェリクスに視線を向けるミーティア。

「自分を抑え、周囲のために行動するのだって立派なことよ。戦って自分を貫くことだけが正解じゃない。いろいろ経験した今だからわかるの。ずっと我慢してた昔の私も愛してあげたいなって。どちらも正解で、どちらを選んでも自分を誇っていいの」

ミーティアは目を細めて言った。

「何もないなんて言わないで。私は貴方のことがんばっててすごいなって思うわよ」

多分、それは自分がずっと言って欲しかった言葉だったのだろう。

あるべき姿ではなく、ありのままの自分を受け止めて欲しかった。

受け入れてほしかった。

そんなことは許されないと思っていて。

何より、王子ではない自分を受け入れてくれる人なんてどこにもいないと感じていて。

だからこそ、その瞬間奇跡みたいにすべてが色づいて見えた。

小さな角氷に押しつぶされながら、フェリクスは気づく。

（なんだ、これ……）

知らない何かが自分の中にある。

うれしいような、気恥ずかしいような、形にならない不思議な気持ち。

生まれて初めて芽生えたそれを何と呼ぶのか、フェリクスはまだ知らない。

◇　◇　◇

戦いが決着した後、行われたのは表彰式だった。

審判を務めていた先生のうち数人は、なんとかして王子殿下チームが優勝したということにしようといろいろ動いていたみたいだけど、最終的には正式な記録として私のチームが優勝したことを認めた。

「勝ったわ」

長い髪を翻して言った私をケイトとクラリスは抱きしめてもみくちゃにした。

折角の決めポーズが台無しにされて、私は抗議したい気持ちでいっぱいだったけど。

二人が私に鼻先をこすりつけてめちゃめちゃ泣いているので、許してあげることにした。

優勝したことでケイトとクラリスの評価も高まり、来月からは今より上の順位とクラスで授業を受けることになるとのこと。

学園内にある応接用の特別室に呼ばれたのは表彰式の直後のことだった。

(優勝を譲れとか言われるのかしら)

めんどくさいことになりそう、と思っていたら案の定そうだった。

「禁止されていた魔道具を持ち込んでいたことにしろ」

先生と黒服は私に言った。

「五級遺物なら軽微なペナルティで済む。成績にもいくらかの配慮と融通をすることを約束しよう。進路も保証する。悪いようにはしない」

言葉の流れはスムーズで、彼らが過去にも同じようなことをしているのが見て取れた。

「私は規則違反をしていません。むしろ、何かしていたのは彼の方だと思うのですが」

「彼の方、とは」

「ロイ・エドウィルド。電撃魔法を強化する魔道具を持ち込んでいたのでは？」

大人たちは私の問いに答えなかった。

私を真っ直ぐに見て続けた。

「我々は秩序を守るために行動しています。貴方にはまだわからないでしょうが、この国は今、少なくない脅威にさらされている。王権の収奪を企む貴族たち。表には出ていませんが、王族が関係する施設を襲撃するための工作の跡がいくつも見つかっています。先日見つかった隠れ家からは危険な新型爆弾も見つかっている」

　なかなか危ない状況になっているらしい。

「加えて、正体不明のエージェントが国内で活動しているという話もある。彼らは非常に質の高い装備を備え、この国の主要施設にまで既に入り込んでいる可能性があると言われています。確証のない都市伝説のような話ですが、しかしそれも完全に否定することはできない」

（あれ？　それってヴィンセントのエージェントチームでは……）

　びっくりはしたけれど、考えてみると自然なことのようにも思えた。

　なりきりしてるだけのはずなのに、本物と勘違いしちゃいそうになるクオリティしてるし。

「この国が脅威にさらされていることはわかりました。でも、だからって王子殿下の成績に工作をするというのは、話が違うと思います。騎士団を増設するとかした方がいいのではないですか」

「もちろん既にしています。そういった施策に加えて、王室の権威を維持することがこの国の秩序を守るために必要なのです。治安を維持し、人々の心に安心をもたらすために」

「王子殿下の成績が下がれば、貴方たちの査定にとってよくないから、という理由の方が大きいように思えますけど」

「本案件には貴方が想像しているよりも多くの人が関わっています。失敗は絶対に許されません」

　黒服の男は言う。

「もし今回の結果が正式な記録になれば、貴方の大切な友達が傷つくことになるかもしれない」

淡々とした響きには、ぞっとするような冷たい何かがあった。

「……何をする気？」

「現在服役中のケイト・フィルスレットの父親が不幸な事故に遭うかもしれないと言ったら、貴方はどうしますか」

「想像以上の外道ね」

「状況は切迫しています。この国を守るために我々は手段を選ばない」

黒服の男は感情のない目で私を見て言った。

(不正を犯したケイトのお父さんは国が運営する魔法刑務所で服役している。ヴィンセント率いるエージェントチームがいくら凄腕でも、刑務所の中にいる人を守り切るというのはさすがに無理か……)

取り返しのつかない事態を避けるために現実的で一番確実なのは、この取引を受け入れることだ。ヴィンセントたちの力も借りられるとはいえ私はまだ子供だし、王室を敵に回して大切な人を守り切れるだけの力は無い。

(本当の意味で強く気高く生きるなら、大切なものの優先順位を間違えてはいけない)

私は唇を噛んでから言った。

「取引を受け入れるわ。私は五級遺物を大会に持ち込んでいた。それでいい」

私が試験の規則違反をしていたことは、すぐに発表されて学園中が知るところになった。

大人たちが考えた筋書きはこうだ。

編入生である私は試験の詳細な規則を知らず、悪気なく普段持ち歩いている健康維持用の五級遺物を持ち込んでしまっていた。

規則違反であることは明確な事実であり、私のチームは公式記録上失格という扱いになる。

ただし、今回持ち込まれた遺物は魔法に影響を与えるものではなく、試験の中で私と私のチームが極めて優れた成績を残したという事実は十分評価に値する。

優勝という結果は取り消しになったものの、私とケイト、クラリスが目覚ましい活躍をしたことは事実であり、来月のクラス替えはそれを考慮して行う。

しかし、クラスメイトたちの反応は、大人たちが想定していたよりも冷ややかなものだった。

「不正してたなんて」

「最初からおかしいと思ってたんだ」

不正という事実をことさらに強調するクラスメイトたち。

おそらく、負けた悔しさもあるからだろう。

私はすっかり学園の悪役になり、同級生に距離を置かれることが増えた。

(あら、これはこれで悪女感的には悪くないわね)

偶然にも目指しているものに近づけて、私は悪い気しない感じだったけど、ケイトとクラリスは少し肩身が狭そうだった。

「ひどいよ。ミーティアは何も悪いことしてないのに」

放課後の屋上前で取引のことを話すと、ケイトはぎゅっと拳を握って言った。

「本当です。不正をしていたのはむしろ王子殿下のチームの方なのに」

うなずいて言うクラリス。

「いいの。それより、二人は大丈夫？」

「私は大丈夫」

「私も大丈夫です」

二人は気丈に振る舞っていたけれど、嫌がらせなんかはやっぱりあるみたいで。

なんとかしないと、と私は見回りをしてケイトに悪口を言ったクラスメイトに圧をかけたり、クラリスに嫌がらせをした同級生にカンフーキックしたりした。

学園における私の評価はさらにダークサイドに落ち、《学園で一番やばいやつ》、《不良たちが唯一恐れる存在》、《力ですべてを解決する暴の化身》なんて言われた。

なかなか悪い気はしなかったけど、それでもままならない現実と歪められた真実の嫌な感触が私の中に残っていた。

「悪かった。謝っても謝りきれないことをしたと思ってる」

私を呼びだしてフェリクスは言った。

「周りの連中が勝手にしてるんでしょ。あんたは関係ない」

「全部俺のせいだ」

フェリクスはかなり気にしているようで、私から露骨に距離を置くようになった。

風よけとして一緒にいることはなくなって、「別れたのかな」とか「元々つりあってなかったし」とかひそひそ噂された。

ケイトから転校することが決まったと伝えられたのはそんなある日のことだった。

「ごめん。私のせいだ」

「違うよ。ミーティアは何も悪くないから」

謝る私に、ケイトは首を振った。

「ミーティアは私が出会った中で一番かっこよくて尊敬できる友達だったよ。本当はもっと一緒にいたかったけど、でもお母さんが転校しなさいって言ってて」

私は「嫌だ。転校しないで」と言いたかったけど、ケイトにはケイトの事情がある。人生がある。

(もうどうすることもできないのかな)

午前の授業を抜け出して、一人で屋上前に行って黄昏れていた。

持ち込んだロマンス小説の棚にワイングラス。ティーカップにお菓子にクッションにボードゲームとトランプ。

秘密基地みたいにして過ごしていたあの時間を思いだすと、少しだけ涙が出た。

初めての学校。

初めての友達。

あんなに楽しかったのに。

だけど、もう前みたいに三人ではいられないのだ。

先生に怒られるのもどうでもよかった。

椅子をロッキングチェアーみたいに揺らしながら、灰色の天井を見つめていたら、ポケットで何かが振動した。

ヴィンセントを言いくるめて持たせてもらった小型の通信機だった。

結局、使いどころ無かったなと思いながらスイッチを押す。

「こちらミーティアだけど」

『ご無事でしたか、ミーティア様』

ほっとした声。

「何かあったの？」

『落ち着いて聞いてください』

張り詰めた何かが声から感じられた。

ヴィンセントは言った。

『武装した何者かが学園を制圧しました。今、学園は危機的状況にあります』

第四章 ◆ 華麗なる企み

『武装した何者かが学園を制圧しました。今、学園は危機的状況にあります』

ヴィンセントからの通信に、私は身震いして立ち尽くした。

とんでもないことが起きている。

誰もが一度は考えたことがあると言われる定番の妄想。

学校がテロリストに占拠されるやつ。

授業をサボっていた私は、たまたま彼らの拘束を逃れることができたというところまで、最高にテンションが上がるシチュエーション。

『敵の正体はわかりませんが、南方で活動している武装組織である可能性が高いです』

「敵の数は？」

『少なくとも数十人以上。最新式の兵器で武装した手練れ揃いです』

「外の組織は救援のために動いてないの？」

『魔法騎士団と王室の近衛部隊が動いていますが、学園外縁部の災害用魔法障壁を解除することができずにいます。迷宮遺物によって改変がされているようで、外から開けるにはあの様子だと一週間はかかるかと』

「ヴィンセントのチームでも開けられない？」

『既に取りかかっていますが、三十時間ほど必要な見込みです』

「少し長すぎるわね。私がなんとかするしかない、か」

素晴らしい。

ますます私好みの展開だ。

『可能なら魔法障壁を解除するための暗号鍵を入手してください。それがあれば我々もすぐに中に入ることができる』

「わかったわ。任せて」

『ただし、あくまでもミーティア様の安全が第一です。くれぐれも無茶はしないようにしてくださ い』

「大丈夫。気をつける」

うなずいてから言葉を返す。

「敵の狙いはいったい何かしら？」

『可能性が高いのは第三王子殿下に関連する何かかと』

「わかったわ。できるだけ情報を集めてみる」

私は細心の注意を払いつつ、階下に降りて学園の様子をうかがった。

「時計塔の状況を報告するわ。四階に敵が二人。逃げてる人がいないか確認してるみたい」

『四階に二人、ですね』

「外に居る人数は少ないわ。広い敷地内全域をカバーすることはできてないと思う」

小声で伝えつつ、私は階下に降りるべきか考える。

今のまま四階にとどまっていても、得られる情報には限りがある。

ケイトが無事かどうかも気になるし、クラスメイトがどうしているのかも気になるところではあった。

ヴィンセントたちが中に入るための暗号鍵を手に入れるためにも、さらに多くの情報を手に入れる必要があった。

(リスクを冒して下に降りるべきか)

考えた末、私は先に進むことを決断する。

三階には三人の見張りがいた。

位置関係をヴィンセントに伝える。

耳をそばだてて、会話を聞いた。

時計塔の人質は二ヶ所に集められているとのこと。

教師と事務員は教員室に。

生徒たちはSクラスの教室に集められているようだ。

「標的の二人は確保できたか」

「王子は確保した。光魔法の子供も拘束して今こちらに連れてきている」

(光魔法の子供……？)

いったい誰のことだろう、と考えてはっとする。

そんな特殊な魔法を使える子は――クラリスしかいない。

「惨《むご》いことを考えるものだ。解体して体組織を研究したいなんて」

「平民出身者が貴族に使えない魔法を使えるというのは連中には都合が悪いらしい。まあ、俺たちにはどうでもいいことだが」

冷たい何かが頭の後ろの方を流れていくのを感じた。

クラリスが狙われている。

さすが主人公、だなんて変なところで感心している場合じゃない。

(絶対に助けないと)

しかし、情報収集に気を取られていたのがまずかった。

「一人逃げ出している！」

階段上からの声に、慌てて階段下に逃げる。

しかし、そこにいたのはちょうど上がってこようとしていた見張りの兵士だった。

魔法式を起動しようとしたときにはもう手遅れだった。

鈍い音が響く。

視界が暗転する。

私は意識を手放していく。


「――――」

声が聞こえる。

何かが私を呼んでいるのを感じる。

「――――っ！」

待って。

私はまだ眠っていたい。

お願いだから、あと五分。

あと五分だけ――

「ミーティア！　ミーティアしっかり！」

はっと目を開けた。

ケイトが私を覗き込んでいた。

艶やかな髪が私の頬をくすぐる。

大きな目の縁には涙が溜まっていて、その雫が散って私の顔を濡らした。

「よかった。生きてた」

心から安堵した声で私の方に倒れ込む。

胸の辺りに顔をこすりつける。

芋虫みたいな動きだな、と思ってから、後ろ手にかけられた鈍色の手錠が目に入った。

自分の両手首も冷たい何かによって拘束されていることに気づく。

肘のあたりと手首の縁が痛い。

でも、もっと痛いのはこめかみのあたりだった。

殴られて気絶させられたときのダメージだろう。

切れているらしく、流れる血が私の頬を伝って制服に垂れている。

「大丈夫。私は全然元気」

言いつつ、身体を起こす。

周囲を見回すと、クラスメイトたちが私を見ていた。

ここはSクラスの教室で、私たちは魔法を封じる手錠をかけられて、教室の後ろの方に集められている。

「見張りはいない？」

小声でケイトに聞く。

「さっき出て行った。何か予想外のことがあったみたい」

「予想外のこと？」

「所属不明のエージェントが連係して障壁を突破しようとしてるとかなんとか」

ヴィンセントたちだ。

がんばってくれてる、と頬をゆるめてから私は言う。

「Sクラスの子はここに全員いる？」

「フェリクス王子は連れて行かれた。ロイくんはいるけど……」

言いづらそうに小さくなる声。

視線の先にいたロイくんは、全身傷だらけのボロボロの状態でうずくまっていた。

「何があったの？」

「王子を守ろうと意識を失うまで戦って、それで……」

床に散る血の跡。

クールでスマートな普段の彼とは全然違うその姿は、だけど私にはいつも以上にかっこよく見えた。

大切なものを守ろうと彼は最後まで戦ったのだ。

武装した強大な敵に、たった一人で。

「私たちも戦おう」

私の言葉に、ケイトは目を見開いた。

視界の端で、カミラが言った。

「は？　無理に決まってるでしょ」

うんざりした声で続ける。

「ロイがやられたんだよ。その上、私たちは魔法を封じる手錠で拘束されている。この状態で何ができるのよ」

「手錠は私なら開けられる」

「できるものならやってみなさいよ」

「もう開けた」

私は自由になった両手を振った。

左手首で片側が解錠された手錠が揺れている。

「いったいどうやって……」

息を呑むカミラ。

周囲のクラスメイトも驚いた顔で私を見つめている。

「私にはみんなが知らない秘密の力があるの」

言いながら、ヴィンセントからもらったピッキングツールでケイトの手錠を外す。

「今からここにいる全員の手錠を外すわ。その代わり、みんなには私に協力して欲しい」

「協力？」

「みんなで力を合わせてこの学校を制圧してる連中をぶっ飛ばすの」

「無理に決まってるでしょ。相手は大人だよ。経験も豊富だし、武器もたくさん持ってる」

「ここにいる私たちもこの国で最上位の実力を持っている。魔法なら大人にだって負けない」

「でも、魔法だけじゃどうにも――」

「戦い方は私が指示する。実技試験として行われたチームサバイバル。私が立てた作戦が優れたものであったことは戦ったみんなが一番よく知ってるでしょ」

「あんなのただ卑怯なだけ――」

「そう言わずにはいられないくらいに貴方は私に勝てなかった。違う？」

「…………」

カミラは切り傷のような目で私を睨んだ。

少しの間押し黙ってから唇を噛む。

「絶対に私たちを勝たせられると約束できる？」

「できる。私の指示に従ってくれれば」

「わかったわ。乗ってあげる」

答えに心の中で安堵しつつ、ピッキングツールでカミラ以外のクラスメイトの手錠を外していく。

「なんか私後回しにされてない？」

不服そうに言うカミラに言葉を返す。

「貴方はクラリスにひどいことしたから後回し」

「……悪かったわよ」

傷だらけでうずくまるロイくんの手錠を外す。

クラスメイトに回復魔法をかけるよう指示してから、カミラの手錠を外した。

「借りは返すわ。で、何から始めるの？」

私は教室の前の方へ数歩歩いてから、長い髪を翻して振り返り言った。

「罠を仕掛けるわ。まずはこの時計塔を奪い返すわよ」


私は、試験のときと同じように、土魔法が得意なケイトに落とし穴作りをお願いした。

「校舎にこんなことしていいのかな……」

戸惑いながらも、作ってくれた教室入り口の落とし穴。

クラスメイトたちが水と電撃の魔法罠を穴の中に仕掛けてくれる。

敵が見回りに来るのを待つこと十数分。

扉を開けて教室に入ってきた兵士は落とし穴に落下して、作動した魔法罠にかかって失神した。

「本当にうまくいくなんて……」

驚くクラスメイトの声。

教室に落とし穴仕掛けるとか普通考えないからな。

正に盲点を突いた天才的作戦。

引き上げた彼を手錠で拘束してから、服を脱がして武器を回収する。

「手錠をかけて、と」

「ヴィンセント、聞こえる？」

『ご無事でしたか、ミーティア様……！』

「敵兵士が持っていた武器の型番を伝えるわ。多分南方諸国で作られたものだと思う」

『情報はありがたいですが、いったいどうやって情報を……』

戸惑った声が聞こえる。

『まさか、敵兵士を倒そうとしたりはしてませんよね』

「…………してないわ」

『してますよね！　絶対してますよねミーティア様！』

いつも冷静なプロフェッショナルであるヴィンセントの、貴重な慌てた声だった。

『落ち着いて。落ち着いて冷静な対処をお願いします。ミーティア様の安全が我々にとっては何より大切で――』

「適当にぶっ倒してまた何かわかったら連絡するわ」

『お待ちくださ――』

最後まで聞かずに通信を切る。

「いいの？　何か言おうとしてたみたいだけど」

小声で言うケイトにうなずきを返す。

「いいのよ。あの人心配性だから」

「というかさっきから誰と話してるの？」

「うちの執事だけど」

「話してる内容が執事相手のそれじゃないような」

「ヴィンセントは優秀なの」

再び落とし穴の準備をしてから、クラスメイトに言う。

「誰か、この人の声真似できる男子いる？　通信機で近くにいる仲間を呼んでほしいんだけど」

「声真似……」

怪訝な顔で言ったのはカミラだった。

「……そもそも、この人何か言ってた？」

「落とし穴に落ちるときに『あっ』とは言ってたわね」

「…………とりあえずクラスで一番声が低いグリシャにやらせましょう」

クラスで一番声が低いグリシャは「無理！　絶対無理！」と怯えながら言ったけど、クラスの怖い女子ツートップである私とカミラに圧をかけられてあえなく屈することになった。

「人質が泣きやまない。来てくれ」

涙目の彼が適当な用件を伝えてから、待つこと数分。

入って来た兵士は、落とし穴にはまって電撃を受けて失神した。

「今、何が……」

教室の入り口でもう一人の兵士が困惑した顔をしている。

（いけない！　もう一人いた！）

予想外の事態に息ができなくなる。

しかし、次の瞬間火花のような光が散って、兵士は魂が抜けた人形のように崩れ落ちた。

ロイ・エドウィルドの指先から煙が立ち上っている。

彼が電撃魔法を起動したのだ。

「次、いきましょう」

機械のように淡々と言う。

（さすがSクラス最強……味方になるとすごく頼れるわ）

「グリシャ、次やりなさい」

「は、はいっ」

カミラに言われて涙目で通信をするグリシャくん。

同じやり方でもう一人倒してから、戦い方を切り替える。

「外に打って出るわ。私の指示に従って」

捕まる前に一人で偵察していたから、時計塔の状況は概ね把握している。

「武装してる大人相手に勝てるのか？」

「やめよう。リスクがありすぎる」

否定的な意見もあったので、好戦的で乗り気な子を選んで作戦を立てる。

「みんなでこの階段裏に待機。足音が一番下の階段を降りた瞬間、背後に向けて一斉攻撃よ。いいわね」

クラスメイト十人を配置して待ち伏せした。

足音が近づいてくる。

頭上の階段を降りていく。

一番下の階段を降りたその瞬間、不意を打って一斉に魔法を集中した。

王国で最も優れた魔力と魔法技術を持つクラスメイトたちだ。

いくら武装していたとしても、そんな子供十人に背後から一斉に攻撃されて、適切に対応するのは難しい。

兵士は為す術無く戦闘不能状態になった。

「俺たち、強いかも……」

「いける……いけるよ、これ……！」

興奮の声に、にやりと口角を上げる。

士気は戦いの結果に大きく影響する。

自信を付けさせ、モチベーションを上げるのも大切な戦略だ。

気絶させた兵士は、拘束して装備を奪い取ってから、持ち物を点検して情報を抜き取る。

「ミーティア！　この人何か持ってる」

名刺くらいの大きさに折りたたまれた紙片だった。

広げると、中には暗号化された文字らしき何かが並んでいた。

（もしかしたら、魔法障壁を解除するための暗号鍵かも）

「ヴィンセント。今から言う暗号を解読して」

『待機するようにと言ってるのに……わかりました』

ヴィンセントは深く息を吐いてから、私が伝えた暗号文字を書き写して解読してくれる。

『おそらく、何らかの位置情報だと思われます』

「この感じだとおそらく廃校舎ね」

『ミーティア様、お願いですから我々が行くまで――』

ヴィンセントの言葉を無視して通信を切る。

（大人の言いつけを破ったわ。正に悪……！）

また理想とする悪女に近づいてしまったと笑みを浮かべてから、みんなで廃校舎へと進軍する。

予感があった。

おそらくそこは、敵があらかじめ設定していた合流地点だ。

今回の標的であるクラリスとフェリクスもそこに捕らえられている。

見つからないように、敷地内にある森を利用して、遠回りして廃校舎の裏側に位置を取る。

廃校舎には厳重な警戒態勢が敷かれていた。

水の生活魔法でレンズを作り、離れた場所から様子をうかがったのだけど、明らかに他の場所とは人員の量と練度が違う。

(間違いなくここが本命……)

「どうするの？　これじゃ不意は打てないし、今までみたいな手は使えない」

低い声で言うカミラ。

「大丈夫。策はあるわ」

「策？」

うなずきを返してから、私は後ろにいるその子を見る。

「私にはとびっきり優秀な切り札があるから」

クラスメイトの視線がその子に集中する。

彼女――ケイトは、戸惑った顔で周囲を見回してから言った。

「へ？」

私の作戦はケイトの土魔法を使って、地下から穴を掘って廃校舎に潜入することだった。

外部からの攻撃に警戒している兵士たちも、地下深くからの侵入はまず間違いなく想定していない。

攻撃魔法は苦手なケイトだけど、それ以外の魔法に関してはSクラスでも十分通用する技術を持っている。

魔法に対する目は厳しいクラスメイトたちも、ケイトの魔法で穴を掘る技術の高さに驚いている様子。

ケイトのおかげで、廃校舎の軒下までたどり着くことができた私たちは、床をくりぬいて廃校舎一階にある学長室跡に潜入した。

空っぽのショーケース。

綿が露出した革張りのソファーは、随分とくたびれていた。

忍び込んだ不良生徒が雑に使った結果、想定された耐久力を大幅に超過してしまったのだろう。

用途のないものだけが残る打ち捨てられた部屋。

「ここから先はこれ以上に危険になる。だから、私一人で行く」

「私も行きます」

私の言葉に、強い口調で言ったのはロイくんだった。

「やめた方が良いわ。命の保証ができない」

「フェリクスを守るのが私の使命です」

強い意志のこもった瞳だった。

クールで涼しげな印象の彼らしくない表情。

「連れて行った方がいいよ。ロイくんならミーティアの力になれる」

断ろうとする私を強く説得したのはケイトだった。

「本当は私も行きたいけど、私では力になれないから。お願い。ロイくんは連れて行って」

随分心配されている様子。

まつげに涙の粒が浮いているのを見て、私は深く息を吐いた。

「わかった。連れて行く」

「待って」

ロイくんと連れだって外の方へ向かう私を呼び止めたのはカミラだった。

「これ、廃校舎の地図。簡単に描いただけだからわかりづらいと思うけど、王子とFクラスの子が閉じ込められてそうな部屋に印がつけてある。あと、探索には部屋の上部に張り巡らされた通風口を使った方がいい」

渡された手書きの地図に視線を落とす。

しばしの間じっと見つめてから私は言った。

「字、下手ね」

「うるさい。読めればいいでしょ」

「でも、すごく丁寧に描いてる。わかりやすい」

うまくはないものの、丁寧に描こうと努力したのが伝わってくる手書きの地図だった。

「あの子には、悪いことしたから」

目を伏せて言うカミラ。

「このくらいで許されると思ったら大間違いよ」

「自己満足なのはわかってるわよ」

「ありがたく使わせてもらうわ。罪の清算は後でゆっくりやりましょ。そのためにも、絶対に死んだりしないように」

「あんたこそ、死んだら許さないから」

にらみ合ってから、ふっと笑みをかわす。

机の上に椅子を置いてその上に立つと、ピッキングツールを使って通風口のネジを外した。

カバーを取り外して通風口の中へ。

カミラが描いた地図を頼りに、クラリスと王子が捕まっている可能性がある部屋を目指す。

私たちの企みに、大人はまだ気づいていない。

◆　◆　◆

拘束されてどれくらい経っただろう。

後ろ手に手錠をかけられたフェリクスは、唇を噛む。

手首が痛む。同じ姿勢で動けずにいるせいで、筋肉と関節が痺れている。

(なんとかして、この窮地を脱する方法を考えないと)

学園を襲撃した武装組織についてフェリクスには心当たりがあった。

おそらく、二番目の兄が動向を追っていた組織だ。

王室の権威を失墜させようと目論む貴族たちと、接触している噂があった武装組織。

彼らの狙いは自分だろう。

加えて、隣で拘束されている平民出身の女子――クラリス・メイトランドも組織に狙われている対象であるようだった。

『貴重な光魔法を使える子供だ。身体を切り刻み、研究に使いたいと貴族連中は話していた』

漏れ聞こえた声に、フェリクスは顔をしかめた。

平民の命なんてどう扱っても良いと思っている傲慢な貴族連中。

一方で、自分以上に窮地にいる同級生の存在は、フェリクスの心の支えになっていた。

(男である俺がしっかりしないと)

怖がっている場合じゃないと自分に言い聞かせる。

頭をよぎるのは、大人によって試験結果をねじ曲げられ、クラスメイトから冷たい目を向けられていたミーティアのこと。

なんとかしようと方々に掛け合って。

しかし、何一つ変えることはできなかった。

大人たちにはそれぞれの利害と思惑がある。

まだ子供である自分は、どうしようもなく無力だった。

(ここで何もできなければ、俺は本当に自分が嫌いになってしまう)

できることは少ないかもしれない。

それでも、自分にできる最善を尽くそう。

「大丈夫だ。父と兄が動いている。必ず助けは来る」

フェリクスは言う。

根拠はなかったが、確信しているフリをする。

偽りの演技に大きな意味があることを、王子として生きてきた自分は知っている。

「そうですね。必ず助けは来ます」

クラリスは自信に満ちた声で言った。

「意外と元気だな」

「こういうことは何度か経験があるので」

「何度もあるのか？」

「昔から、どうも運がなくて」

苦笑するクラリス。

「でも、助けてくれる人はいつもいるんです。みんなに気味悪がられていた私に、魔法の才能があると言ってくれた男の子とか」

その言葉に、フェリクスははっとした。

横顔が、昔出会った少女と重なる。

「まさか、あのときの」

「覚えててくださいましたか」

フェリクスは戸惑いつつうなずく。

鷹狩りに行った公爵領である田舎町で出会った少女のこと。

「あの日から、私の人生は変わり始めたんです。私を認めてくれる人がいるなんて知らなかったから。あの言葉があったから今日までがんばることができた。そして、誰よりも素敵でかっこいい人に出会うことができたんです」

「それって……」

思わず胸が弾んだ。

幼い頃に出会っていた少女。

まったく意識していない相手だったが、運命を感じてしまう再会にどきりとする自分がいたのは事実だった。

（いけない……俺には心に決めた大切な相手が……）

動揺するフェリクスに、熱っぽい顔でクラリスは言った。

「私、ミーティアお姉様は世界で一番かっこよくて素敵だなって思うんですよね」

「…………」

フェリクスは感情のない目でクラリスを見た。

紛らわしいことを言わないで欲しい。本当に。

（というか、心に決めた相手ってなんだ⁉）

浮かんだ少女の顔を振り払う。

（あんなやつ全然好きじゃない。『がんばってる』と言われたのはうれしかったがそれだけで）

心の中で言い訳するみたいに早口で言ってから、クラリスに言う。

「まあ、いいやつだよな」

「そうなんです。本当に心根が優しくて、でも悪ぶろうとがんばってる感じとかたまらなくて。あと、時々冷たくしてくれるのもいいんですよね」

「冷たいのがいいのか？」

「冷たくされた後に優しくされるとさらに心があたたかくなるんです。他にも、芯が強いところとみんなに悪口言われても全然気にしてないところもよくてそれから」

とめどなく発せられる言葉を呆然と聞く。

たしかに、共感できるところもいくつかあった。

聞きながら、『あ、俺もそこ好き』と思う部分があった。

慌てて、『い、いや、好きと言っても人間としてというか』と心の中で何かに言い訳した。

(何をしてるんだ、俺は……)

冷たい足音に身をすくめたのはそのときだった。

隣でクラリスが小さく息を呑む。

扉のノブが回る。

武装した二人の男が部屋に入ってくる。

「薬を使いますか」

「そうだな。抵抗されても厄介だ」

照明の光を注射器が反射する。

紫色の液体には、本能的な恐怖を呼び起こす何かがある。

怯えた目で見上げる二人。

男がクラリスの腕を摑む。

悲鳴が反響する。
「やめろ！」
フェリクスは言う。
鎖が擦れる音が響く。
懸命の抵抗。
両足で地面を蹴る。
体重をかけ、全身の力を込めて両手を引くと、鎖は軋んだ音を立てた。
冷たく甲高い音が何度か小さく響いた。
それだけだった。
何も変わらない。
目の前の現実は変えられない。
悔しくて唇を噛む。
「安心しろ。もう恐怖を感じることもできなくなる」
振り払おうとクラリスはもがく。
しかし、男はしっかりとクラリスの腕を掴んでいる。
逃げることはできない。
少女の悲鳴が部屋に響く。

注射針が白い肌に吸い込まれる。

紫色の液体が体内に注がれようとしたその瞬間、細い線のようなものがきらめいた。

男は驚いたように小さく目を見開く。

大きな身体がゆらめく。

そのまま、クラリスにもたれかかるように倒れ込む。

注射器が床を転がる。

男の身体からは力が抜けている。

「お前、何を――」

もう一人の男が言ったそのときだった。

細い線のようなものがきらめく。

熊のように大きな身体がゆらめく。

くずおれるように倒れ込む。

「象を一発で失神させる麻酔針。聞いていたとおりの威力ね」

通風口のカバーが床に落ちたのはそのときだった。

長い髪を翻して小柄な少女が部屋に降り立つ。

見覚えのある上げ底の靴。

優雅で落ち着いた所作で、気絶した男を床に転がして彼女は言った。

「最高にかっこいい私が助けに来たわ」

◇　◇　◇

「助けてくれてありがとうございます、お姉様！」

助けに来た私を、クラリスは声を弾ませて迎えてくれた。

キラキラした目に頬がゆるみそうになるけれど、かっこよく振る舞うためにそこは我慢。

ロイくんと一緒に、クラリスとフェリクスの手錠を外す。

幸い、さして時間はかからなかった。

私にはヴィンセントに借りているピッキングツールがある。

「お姉様、すごい」

手錠が開いたことに驚き、目を輝かせるクラリス。

「ふっふっふ。すごいでしょうそうでしょう」

頬をゆるませながら、擦れて赤くなっていた手首を回復魔法で治療した。

「大丈夫ですか、殿下」

ひどく心配した様子のロイくんに、

「ああ。大丈夫だ」

うなずいてから、フェリクスはピッキングツールを見つめる。

「どうなってるんだ、これ？」

驚いた顔で見つめるフェリクス。

「企業秘密よ」

私も知らないけど、かっこいい感じで適当に答えておく。

「というかどうしてこんな道具を？」

「大人の女には秘密があるものなのよ」

澄まし顔で答えると、フェリクスは白い目で私を見ながら『大人の女では絶対無い』と言った。

ムカついたから肩を叩く。

「こいつ……」とやり返そうとしたフェリクスは、握った拳を私に触れる前に止めた。

「なに？　どうかした？」

「いや、別に」

そっぽを向いて言う。

耳がほのかに赤い。

叩かれたのになんだか少しうれしそうに見える。

（これはまさか……）

息を呑む。

大人な私には、彼の心の動きが手に取るようにわかった。

わかってしまった。

(監禁されて怖い体験をした反動で、変な趣味に目覚めている……!?)

私はふるえた。

かわいそうなので、少しだけやさしくしてあげようと思う。

麻酔針で失神させた二人組の兵士に手錠をかけてから、服の中を漁る。

(さっきと違う暗号……)

通信機でヴィンセントに知らせる。

『魔法障壁を解除する暗号鍵かもしれません』

ヴィンセントは言う。

『解除できないか試してみます。ミーティア様はそれまで待機を――』

通信を切ってから、三人に言う。

「それじゃ、逃げるわよ」

「待機しなくていいのか?」

「いいのよ。うちの執事心配性だから」

「いや、心配するのが普通だと思う」

あきれ顔のフェリクスを無視して、通風口の下に机と椅子を運んで脱出の準備をしていたそのときだった。

「おい、交代の時間――」

部屋の扉が開いて、一人の兵士が私たちを見ていた。

「…………」

「…………」

流れる沈黙。

「おい、逃げ――」

「くらえ！」

《飲み物に入れる氷を作る魔法》を撃ち込んでぶっ飛ばしたけれど、他の兵士たちに何かあったことがバレてしまった。

響く足音。

次々に現れる兵士たち。

元々この部屋の近くに集まっていたのだろう。

扉の向こうから魔導式小銃の弾丸を撃ち込んでくる。

「フェリクス、氷の壁張って！」

私の指示に、フェリクスが氷の壁を作る。

身を隠しつつ、ロイくんと一緒に扉の向こうにいる敵に魔法を撃ち込む。

「クラリス、光魔法で目くらましをお願い！」

「わかりました！」

全員の力を合わせての迎撃。

しかし、数の差があまりにも絶望的だった。

何人倒しても次から次に増える敵。

魔力と体力も次第に削られていく。

「まずい、押し込まれる……！」

フェリクスの言葉に、

「切り札を使うわ！」

とヴィンセントからもらったスパイガジェットを取り出す。

煙が出る手榴弾、催涙弾が出る手榴弾、電撃が流れる手榴弾。

「グレネードだ！」

「このグレネード、普通じゃないぞ」

「なんでこんなものが……」

戸惑う敵の兵士たち。

「なんでそんなものを持ってるんだ……？」

「大人の女には秘密があるって言ってるでしょ」

適当に答えつつ、逃げられないかチャンスをうかがうけれど、煙の中から放たれる弾丸は、的確に私たちの退路を塞いでいた。

(逃げられないか……)

切り札を使っても、逃げることはできなかった。

白煙が晴れて、私たちが逃げてないことに気づいた敵は、明らかに安堵していた。

彼らの見立ては正しい。

既に、勝負は決している。

最初に魔力が尽きたのはロイくんだった。

魔力消費の激しい攻撃魔法をここに来る前から何度も使っていたからだろう。

続いて、フェリクスの魔力が限界に近づく。

氷の壁が削られて、どんどんと小さくなる。

防ぎきれなかった弾丸がクラリスの髪を裂いた。

庇うように私の後ろに隠しつつ、唇を噛む。

(私とクラリスの魔法じゃ敵の攻撃は防げない)

つまり、フェリクスの魔力が底を突けば、たちまち私たちは蜂の巣になって、その命も失われてしまう。

(いったいどうすれば……)

◇　◇　◇

クラリス・メイトランドは強く拳を握りしめている。

自分が一番役に立てていないと感じている。

他の誰にも使えない特別な魔法。

大人たちの期待した顔は、いつも落胆に変わった。

『光を放つことしかできないか……』

クラスメイトも同じだ。

『あれだけすごいって言われてたのに光ることしかできないのかよ』

『ホタル』とか『懐中電灯』とかあだ名を付けられて。

「それだけでもすごいことだよ」と言ってくれる先生もいたけれど、その裏にもやっぱりいくらかの落胆は感じられて。

本当はそう思ってなかったとしても、そんな風に思われているような気がしてしまう。

いつも期待を裏切っているから。

一度だって期待に応えられたことがないから。

ミーティアだってそうだ。

最初に魔法を使ったときはやっぱり少し困ったような顔をしていた。

嫌われるかも、と思った。

期待外れだった、と遠ざけられてしまうかも、と。

でも、ミーティアの態度は少しも変わらなかった。

『今のは素晴らしい光だったわ。あれなら植物も気持ちよく光合成できるはず。雨が続く雨期でも大丈夫』

それどころか、こんな私でも力になれる作戦を考えてくれた。

『クラリスは主人公だからそのうちどこかで覚醒してすごい魔法が使えるようになるわ。何より、大事なのは創意と工夫。うまく使えば、私たちは優勝できるだけの力を持っている』

そんなうれしい言葉までかけてくれて。

初めての友達。

力になりたい。

期待に応えたい。

今やらないと、一生後悔する。

だけど、新しい光魔法の使い方はその糸口さえ見つからない。

誰も使えない魔法だから、ヒントを教えてくれる人もいなくて。

いつもの袋小路で私は立ち尽くす。

そんなのどうやってやればいいかわからない。
私なんかにできるわけがないように思えてしまう。
涙が頰を伝う。
（新しい光魔法なんていったいどうすれば……）
氷の壁が砕けたのはそのときだった。
弾丸の雨が私とミーティアに降り注ぐ。
気がつくと突き飛ばされていた。
ミーティアが両手を伸ばして私を安全な壁が残っている方へ押している。
また助けられてしまう。
弾丸の雨がミーティアに降り注ぐ。
失いたくない。
ダメだ。
それだけは絶対ダメ――
夢中で手を伸ばす。
瞬間、導かれるように身体に力がみなぎる。
光が世界を包む。
知らない魔法が起動している。

瞬間、光の奔流が目の前のすべてを吹き飛ばした。

◇　◇　◇

その魔法に私は息を吞む。
異常な魔力の気配。
見たことのない魔法式。
すべてを白く染める光の攻撃魔法。
感覚的に私は理解している。
多分、フェリクスとロイくんも同じことを感じていたはずだ。
この魔法は、学園にいるすべての人を超える途方もない力を備えている。
同時に、私は頭のどこかでそれを想定している。
この子は主人公だから。
悪女である私の前に立つ最強の敵だから。
こういうとき、絶対に助けてくれると知っていた――！
(勝機があるとすれば今！)
私はバランスを立て直して地面を蹴る。

氷の壁から出て前に出る。

クラリスの魔法の余波で、右耳が聞こえない。

でも、それは敵も同じだ。

むしろ動揺は、まったく想定できていない敵の方が大きいはず。

廃校舎に空いた大穴を呆然と見つめる横顔。

間合いを詰め、至近距離から《飲み物に入れる氷を作る魔法》を撃ち込んで一番近くにいた一人の意識を刈り取る。

ようやく私が前に出ていることに気づいたようだが、もう遅い。

二人の首筋に氷を撃ち込んで失神させてからさらに前に。

すれ違い様にヴィンセントからもらった相手を感電させるペンケースを押しつけて、一人を失神させる。

同時に魔法式を起動して、もう一人を気絶させたところで、三人の銃口が私に向けられた。

(まずい——)

息を呑む。

すべてがスローモーションに見える。

放たれる弾丸。

音速を超える鉛弾は一直線に飛翔し、私の首筋を食い破る寸前で氷の壁に飲み込まれて止まっていた。

詠唱を省略せずに放たれたフェリクスの氷魔法が三人の男を氷漬けにしている。

「礼は言わないわよ」

「別に期待してない」

ぷい、と視線をそらすフェリクス。

(あれ、今のやりとりの私、悪の魅力あるイケてる感じだったんじゃないかしら)

内心頬をゆるめつつ、周囲の状況を確認する。

近くにいる敵は無力化することができた。

しかし、クラリスの魔法は学園の敷地外からもわかるくらい異常なものだったから、じっとしているとすぐに増援が来てしまう可能性が高い。

「すぐに脱出するわよ」

敵に見つからないよう、通風口を使ってケイトが隠し通路を作ってくれた学長室跡に。

通風口の縁に手をかけつつ、机の上に飛び降りる。

厚底の靴のせいで少しバランスを崩した私を、ケイトはぎこちない顔で見ていた。

(ん？　なにその顔？)

予想外の反応に首を傾けた私は、ソファーの陰に隠れた兵士に気づいて息を呑む。

「降りて来ちゃダメ――」

銃声が響いた。

威嚇射撃だったのだろう。しかし、その鋭い音は回復しかけていた私の右の聴覚を再び奪い去っている。

（後ろにもう二人いる、か……）

部屋の隅ではカミラが手錠をかけられて転がっている。

敵は三人の上、ケイトが人質にされていた。

さらに、ケイトが掘った穴の中から二人の兵士が部屋の中へ入ってくる。

「諦めろ。生徒たちは既に拘束してある」

どうやら、入り口の方を先に見つけ、クラスメイトたちを倒してから廃校舎内にいたケイトたちを無力化したらしい。

（消耗している上、この数は……）

魔力はもうほとんど残っていない。

私たちに抵抗する術がないことは嫌でもわかってしまった。

銃口が私に向けられる。

「おい、やめろ！」

フェリクスの声が通風口の上から響く。

銃声が響く。

右耳が聞こえない。
弾丸は通風口傍の天井に小さな穴を開けている。
(あの位置なら当たってない)
とはいえ、それは相手も狙い通りだろう。
今のはあくまで威嚇射撃。
私たちの生殺与奪権を握っていることをわからせるための弾丸。
「外す必要は無い」
一歩引いた位置にいる男が言った。
「王子と光魔法の子供さえ生きていれば良い。殺せ」
部屋の空気が冷えたように感じられた。
埃の落ちる音も聞こえそうな沈黙。
銃口が再び私に向けられる。
迷いのない落ち着いた所作。
この人はためらうことなく子供を殺すことができる類いの人間なのだろう。
あるいは、既に何度か経験があるのかもしれない。
「―――！」
フェリクスが何か言っているのが見える。

（助けられなくてごめん、みんな）
無慈悲に銃声が響く。
それは空気の振動として、私の肌を揺らす。
漂う焦げた臭いと白煙。
痛みは無かった。
衝撃もない。
——まるで、何も当たらなかったみたいに。
目を開ける。
三人の兵士たちが倒れている。
聞こえる左耳から、知っている声が聞こえた。
「防弾の装備を着ているので、死んではいません。痛みは相当のものでしょうが」
私に向け弾丸が放たれる寸前に、一人の兵士が三人を撃ったのだ。
彼は顔のマスクを剝ぎ取る。
胸元から眼鏡を取り出して、静かにかけながら言った。
「無茶しすぎです。なんとか間に合ったからよかったですが」
「ヴィンセント！」
安堵と喜びで思わず頰がゆるんだ私に、一人の兵士が抱きついてきた。

「ミーティア様ー！」

ぎゅっと抱きしめられる。厳つい顔がすぐそばにあって、私は頭の中が真っ白になった。

(誰この人……!?)

知らない人なんだけど。完全にセクハラなんだけど。

「おい、お前何やって」

慌てた声で、通風口から降りてくるフェリクス。

なんでそんなに怒っているのかはわからないけれど、セクハラされている状況ではすごく頼もしい。

というかこの兵士、顔怖いのに声がめちゃくちゃ女性っぽい……ってこの声は――

「シエル、マスク取って。その顔で抱きつかれるの怖い」

「あ、ごめんなさいミーティア様」

変装用マスクを取るシエル。

抱きしめられる感触から、体型を厚手の服で偽装しているのだろうと推測する。

「なんだ、この人たち……」

呆然と言うフェリクス。

(あら、なかなか気持ちいい反応ね)

頬がゆるみそうになるが我慢する。

あくまで、クールにかっこよく。

私は目を細めて言った。

「言ってるでしょ。大人の女には秘密があるものなのよ」

エピローグ

それから、武装組織の兵士たちは無力化されて、王立魔法騎士団に捕縛されることになった。

ヴィンセントの工作によって、今回の一件はすべて私たちSクラスの生徒たちのお手柄ということになって。

私たちは武装組織を撃退した子供たちとしていろいろな人に褒められたり、記事が新聞に載ったりした。

「みんなで力を合わせた結果です」

「クラスメイトを助けなきゃって思って」

弾んだ声でそれっぽいことを答えるクラスメイトたち。

(やれやれ、これだから自分の言葉を持っていないお子様は)

メディア的にはうれしい対応なのかもしれないけど、カリスマである私としてはやはり、他の人とは違う私だけの言葉で人々を惹きつけないといけない。

私は脳内でインタビューへの回答を考えた。

しかし、誰に話を聞かれることもなくインタビューの時間は終わった。

「あの子は一番小さいし、何もしてないだろう」

そんな声が聞こえた。

（ぐぬぬ……私だってかなり活躍したのに……）

愚かで見る目がない大人を睨んでいると、クラスの子たちが私の肩をたたいて言った。

「今回俺たちのリーダーとして一番活躍したミーティアです」

予想外の言葉にびっくりする。

戸惑う私に、記者たちの視線が注がれる。

「ミーティアって近頃リネージュを立て直したって話題の」

「リュミオール家の天才少女領主」

「すみません、少しだけでもお話を聞かせてください」

私は囲まれてたくさん取材を受けた。

有名人になったみたいでなかなか気分がよかった。

何を話したかは覚えてないけれど、私らしいカリスマ感ある感じの受け答えができたんじゃないかと思う。

インタビューを終えた私を、クラスメイトたちはあたたかく迎えてくれた。

「作戦立ててくれてありがとな、ミーティア」

「今度また、戦い方とか作戦の立て方教えてくれよ」

なんだか随分評価されている様子。

他にも話したことが無かったクラスの子たちが入れ替わり立ち替わり声をかけてくれる。

(あれ、私なんだか人気者みたい)

みんなに褒められたり、感謝されたりしてなかなかにうれしい。

荒れ狂う承認欲求モンスターを制御するのが大変だったけど、これもありがたい悩みだと前向きに捉えることにしようと思う。

うれしいことは他にもあった。

月末のクラス替えでクラリスがSクラスに昇格してきたのだ。

特別実技試験での活躍と、新しく使えるようになった光魔法の力によってSクラス入りが決まったとのこと。

「あんなすさまじい魔法を子供が使うとは」

「彼女はうちの学園創設以来の天才かもしれない」

目を丸くする先生たちの姿を思いだして『私は気づいてたけどね』と心の中で勝ち誇る。

「よかったわね、クラリス」

「やったじゃん、すごいよ」

いっぱい褒めてあげながら、ケイトと一緒にクラリスの髪を整えた。

敵の攻撃で引きちぎれてしまった左の横髪にあわせて、かわいいショートボブに。

「ここもう少し切るのもありかしら」

「それより私はこっちの方を」

人の髪を切るのは初めてだったけど、やってみるともっと素敵な髪型にしたいという欲が出てくる。

「そんなにがんばらなくても適当で大丈夫ですよ？」

「適当なんてダメ。クラスの子たちをあっと言わせてやらなきゃ」

「そうそう。私たちが世界一かわいくしてあげる」

友達二人のこだわりが詰まった新しい自分の姿を見て、クラリスはぱっと顔をほころばせた。

「私じゃないみたい……」

新しいクラリスの姿を見て、振り返る男子たちの驚いた表情ににやにやして。

だけど、クラリスはそんなことよりも私とケイトと一緒に過ごせる時間が増えたことを喜んでいるみたいだった。

「私、学校がこんなに楽しいの初めてです……！」

良い子だ。

すごく良い子だ。

本来私とは相容れない主人公ポジションのクラリスだけど、友達の幸せの方が大切なので特別に仲良くしていこうと思う。

「その……悪かったわね」

カミラに言われたのはそんなある日のことだった。

勇気を出して私を呼び止めたらしい。

もう一度ちゃんと謝っておきたかったとのこと。

「私は気にしてないから。それより、クラリスにちゃんと謝って」

「……わかったわ」

それから少しして、カミラはクラリスに謝っていた。

いじめっ子をそそのかしてクラリスをひどい目に遭わせたことは今でも許せないけれど、ちゃんと筋を通して謝ろうとしたことは評価してやるか、と思う。

私を避けていたフェリクスとの距離も、あの一件のあとは元通りの感じに近づいた。

なんだか様子が変なときがあって、肩を叩くとうれしそうにしてたり、たたき返すのをためらったりしてるあたり、やっぱりあの一件の恐怖が影響して変な趣味に目覚めてるみたいだけど。

最近は、掃除の時間に私の机を運んでくれたり、私が日直の仕事をしていると必要ないのに手伝ってくれようとしたりする。

「なんで手伝ってくれるの？」

聞くとフェリクスは顔を真っ赤にして後ずさった。

「べ、別に気が向いただけというか」

「その割には随分手伝ってくれてる感じがするけど」

「誤解するなよ。お前のことなんか全然好きじゃないからな」

「知ってるけど」

「本当に本当に好きじゃないから」

「だから知ってるって」

「…………そうか」

なんだか、ほっとしたような残念そうなような複雑な顔をしていた。

ちなみにこれは私だけが知っている秘密なのだけど、そんなフェリクスには近頃好きな人がいるらしい。

風よけで付き合ってる感じを出している昼休みに、「あんたって好きな人とかいないの？」と聞いた私に、「……いないこともない」と答えたのだ。

『いないこともない』という言葉を、思春期男子的に翻訳すると『めちゃくちゃ好きな人がいる』という意味になる。

「誰が好きなの？」

「お前には絶対に言わない」

視線を彷徨《さまよ》わせながらそんなことを言う。

いったい誰のことが好きなのか。

答えはわからない。

でも、最も可能性が高い答えらしきものを知ったのは数日後のことだ。

噂になっている最有力の人物がSクラスにいたのだ。

最近、今までよりさらに近い距離感でフェリクスに接している人物——ロイ・エドウィルド。

どんなときも常に一緒にいようとしているし、その距離感も主従はおろか友達さえ超えて、もはや恋人かと見まがう域。

王子の学園生活のサポートを頼まれているのに、今回の一件で守り切ることができなかったことが強い後悔として彼の中にあると言っていたが、その献身ぶりは単なる主従の域を超えているように見える。

あまりの光景に、一部のSクラス女子たちは目をぐるぐると回していた。

「フェリクスもロイくんもかっこいい……ダメ……いけない扉が……」

「禁じられた恋こそ美しいの。ミーティアとの交際はそのためのカモフラージュだったのよ」

「私、男の子は男の子と恋をするべきだと思うんですよね」

何かとんでもないことが起きている気がしたけれど、理解すると脳の情報処理に重大なエラーが発生してしまいそうだったので、深くは考えないことにする。

最後に、転校が決まったケイトについて。

今回の一件でケイトの土魔法も見直され、クラスでの評価もずっと良くなった。

クラスで浮いているということもなくなって、――それでもケイトの転校を止めることはできなかった。

「既にお母さんが話を進めちゃってるみたいで。お父さんがいない王都ではもう暮らしたくないって言ってるの」

肩を落としながらそう教えてくれた。

地元である地方都市に移り住む計画とのこと。

まだ子供なケイトだから、自分一人で住む場所を決めることはできない。

「最後にたくさん思い出を作ろう」

そう言って、クラリスと三人で今まで以上にたくさん一緒に過ごしながら、私は何かできることはないだろうかと考えた。

ケイトのお父さんについての情報を集めてみた。

自分一人では限界があったので、ヴィンセントに相談した。

「ヴィンセント。この事件について調査をお願いしたいんだけど」

「この事件をですか？　承知しました」

ヴィンセントは『なぜこの事件を？』と不思議そうだった。

数日後、調査を終えたヴィンセントは感心した顔で私に言った。

「さすがですね、ミーティア様。あの巧妙な偽装に気づくとは。例の不正は《三百人委員会》の大物に繋がるものでした。必ず全貌を明らかにして見せます」

私は何を言ってるのかわからなかったけど、

「当然よ。私の目は誰も欺けない」

とそれっぽい言葉を返しておいた。

ヴィンセントはさらに感心していた。

「あとはあの王子さえ……王子さえ処理できれば……」

「絶対にダメですからね、ヴィンセント」

悔しげなヴィンセントに、静かな声で言うシエル。

迎えた週明けの学園前。

校門で私を待っていたケイトは、声を弾ませて言った。

「聞いてミーティア！　お父さんの罪が無実だって証拠が出てきたんだって！」

お父さんが帰ってくる可能性が出てきたことによって、転校の話もなくなるとのこと。

「お別れ会の予定はキャンセルね。代わりに、お別れキャンセル会の開催よ」

いつもの屋上前に三人で集まる。

先生たちに内緒で作った秘密基地。

こっそり持ち込んだトランプで遊んだり、妄想小説の設定をみんなで考えたりする。

窓から夕暮れの橙色が射し込んで、ほのかに赤く私たちを染めている。
不意にケイトが涙ぐむ。
「友達になってくれてありがとう」
ふるえる声でそんなことを言う。
なんだかくすぐったい気持ちになる。
つられてクラリスも涙ぐんでいる。
『なに恥ずかしいこと言ってんの』
そんな言葉を違うなと思って飲み込む。
ケイトとクラリスはまだ十一歳で。
だから、恥ずかしいことを言うくらいできっとちょうどいい。
それから、私たちはたくさん恥ずかしいことを言い合う。
『生まれてきてくれてありがとう』とか言ってしまう。
赤く滲んだ視界。ちらちらと舞う光の欠片。長い影。
それは思わず言葉が出なくなってしまうくらい素敵な時間で。
私はどうしようもなく幸せな気持ちになって、笑った。

［特別書き下ろし1］鍵開けの技術

俺の名前はサヴィオ。今は十七歳でミーティア様の下で働いている。

表向きの役職は、下級使用人。執事長であるヴィンセントさんの指示で、様々な雑務を行っている。

仕事内容は多岐にわたる。窓拭き、ブーツ磨き、石炭運び、ランプやロウソク立ての管理、夜間警備……しかし、それらの仕事はあくまで本当の仕事を隠すためのものでしかない。

本当の仕事が何なのか。それを話すことは禁じられている。

『プロフェッショナルはいついかなる時も常に最高の仕事を全うすることを考えて行動しなければならない』

上司であり、自分たちに仕事に関するすべてを教えてくれたヴィンセントさんの言葉だ。

俺はヴィンセントさんと出会って初めて、本物のプロフェッショナルというのがいかなるものなのかを知った。

それまでは、プロフェッショナルと呼ばれる人たちを甘く見ていた。自分の物差しを当てはめ、自分たちよりちょっとがんばってる真面目な人たちくらいに思っていた。とんでもなかった。本物のプロフェッショナルは想像をはるかに超えていた。

朝起きてから寝るまで、すべての時間をヴィンセントさんは仕事のために使っていた。

いや、これはいささか伝え方として不足していただろう。寝ているときもヴィンセントさんは仕事のための最善の選択として休息を取っている。

私物であるという高品質な枕を常に携帯し、寝室の気温は温度計を使って厳重に管理されている。測ったように決まった時間に布団に入り、同じ時間に起きる。

同じ手順で顔を洗い、髪を整える。

皺一つ無いシャツに着替え、ネクタイを締める。純白の手袋をはめ、指を伸ばす。

屋敷の外に異常がないことを確認してから、庭の花に水をやる。葉の様子を点検し、害虫がついていないか注意を払う。

屋敷に戻って、特別製のシルバークロスで銀器を磨く。

同じ時間に朝食を作り、同じ時間にミーティア様を起こす。

ミーティア様は寝起きが悪いから、その工程は多くの場合六回ほど繰り返される。

機械のように同じような毎日を繰り返す。

特別な機会を除くと酒は一滴も飲まないし、煙草も吸わない。

肉体を厳しく鍛え、技術が鈍らないようトレーニングは一日も欠かさない。

何よりその姿勢が、美しく見えた。

憧れ、気がつくと心から尊敬していた。

元はどこにでもいるリネージュの魔法不全者でしかなかった俺が、今同じ立場の仲間よりも少し上の立場に立てているのはその敬愛の気持ちが大きいのだと思う。

近づきたくて、真似をする。発する言葉を一言一句記憶し、反芻して大切に胸の中に刻む。

努力していたし、多分適性もあったのだろう。

リネージュ領出身の仲間の中で、一番優秀だという自信と自負がある。

しかし、その一方でとても敵わない才能の持ち主もいる。

『鍵開けですか？　普通にやってるだけですよ？　すっといれてがっとはめてぐっと力を入れて回す感じで。ヴィンセントを見てたらわかるじゃないですか。ああ、あそこで小さく指を動かすのがコツなんだな、とか』

ミーティア様の侍女を務めるシエルさん。

ただのメイドだろうと思っていたこの人が、とんでもない資質とセンスの持ち主だった。

どんなにがんばっても開けられなかった鍵を、わずか数秒で簡単に開けてしまう。

まるで魔法のようにしか思えない想像を絶する手際。

『幽閉されていたミーティア様に会いたくて、たくさん練習しましたからね。大切なのは熱意を持って試行錯誤を繰り返すことです。どんな手を使っても愛しい娘の姿を見たい。その強い思いが、開けられない鍵もなんとしてでも開けるという意志に変わるのです』

シエルさんは、鍵開けをヴィンセントさんの手際を見て独学で学んだと言う。

『私の場合は教わらなかったのがむしろよかったかもしれませんね。昔、ヴィンセントが言ってたんです。基礎というものを人から教わるものだと思ってる人が多いが違う、と。そうではなくて、教わったものを《本当にそうなのかな?》と疑って違うやり方を試してみる。その蓄積が誰かの考えた正解ではなく、自分の正解を身につけることに繋がっていく。たくさん実験して自分で学んだものを基礎というのです。ミーティア様の声を聞くために《鍵変えやがってクソ野郎。絶対開けてやるからな》という強い思いを持って挑み続けた。その時間が私の技術の基礎になっています』

口調は穏やかだったが、平民出身らしい感じが少しだけ言葉遣いから漏れていた。

そういうシエルさんの親しみやすい部分が個人的には好きだ。

一方で、鍵開けが一向にうまくならないことについては、才能の差を感じずにはいられないけれど。

(俺にも才能があったらな)

そんな風に思ってしまう。

そうすればこんな悩みもなかったのに、と。

しかし、一方で『才能があっていいよな』と言われることもある。

同じリネージュ出身の同僚からだ。

彼らに比べれば、俺は求められる仕事に対する適性があったのだろう。

元々手先は器用な方だった。

小さい頃から服の穴は自分で縫って直していたし、誰よりも綺麗な泥団子を作ることができた。

だけど、『才能があっていいよな』と言われると、少しだけもやもやした気持ちになってしまう。

(たしかにセンスがある方だとは思うけど。でも、俺はお前より練習してるし)

単純な量の差じゃないか、と思ってしまう自分がいる。

才能を言い訳にして逃げてるんじゃないか、と。

そして、同じ言葉を自分に言って勝手にダメージを受けるのだ。

(俺もシエルさんほどがんばれてないってだけか……)

とはいえ、無理は続かないし、練習できる量にだって性格や向き不向きからくる素質の差がある。

努力を努力と思わず自然にできることが多分一番の才能で。

しかし、『自分に努力する才能が無い』と言ってしまうのは、できたはずのことをできなくしてしまうような感じもする。

(わかんねえや。俺、頭良くないし)

まとまらない考えを投げ出して、伸びをする。

(もっと仕事ができる自分になりたいな)

先にいる先輩たちの背中は見えないくらい遠くて。

だけど、追いかけたいなんて照れくさいことを思っている。

そんな感じで二人の先輩を心から尊敬している俺には今、悩みがある。

仕事の方針を巡って、二人の中で衝突が生まれているのだ。

「落ち着いて聞いてください」

シエルさんは、俺たちを密かに集めて言った。

「ヴィンセントがよくない企てを実行に移す可能性があります」

「よくない企て？」

俺はシエルさんの言葉が信じられなかった。

完璧なプロフェッショナルであるヴィンセントさんが間違いを犯すはずがない。

しかし、その確信にも危ういものが含まれているようにも感じられた。

それは憧れが作った虚像のヴィンセントさんではないだろうか。

本当のヴィンセントさんは、過ちを犯す普通の人間なのかもしれない。

自分から見ると全然そんな風には思えないけど、現実的に考えるとすべての人が欠点を抱えているてミスを犯すものだと考える方が自然であるようにも思える。

「いったいどういった企てですか？」

「今はまだわかりません。しかし、ヴィンセントのミーティア様への思いは近頃ますます強くなっています。ことあるごとにミーティア様が父の日に描いた似顔絵を見つめ、プレゼントしてくれた綺麗な色の石を磨いている。無表情で磨いていても私にはわかります。その仮面の裏にある強い思いが」

「どうしてわかるのですか？」

「私も同じ思いを抱えた人間だからです。今のヴィンセントは何かの弾みで深い闇の中に落ちてしまいかねない。ひとつ、世界の真理をお伝えしましょう。光が強ければ闇も力を増す。深い愛が強い憎しみを生むことがこの世界にはあるのです」

シエルさんの言葉には、それっぽいことを言って自分に酔っているところが大いにあったから

『なんか言ってんな』と適当に聞き流すことにした。

しかし、結果的にその判断は間違いだった。

シエルさんは正しかった。

その夜、ヴィンセントさんは第三王子殿下の邸宅に潜入しようとした。

「やめてくださいヴィンセントさん！　どうしてこんなことを」

「絶対に譲れないものがあるのです。私にも」

ヴィンセントさんの言葉には悲しい響きがあるように感じられた。

この人は深い闇の中にいて、譲れない何かに突き動かされているのだ。

それが何かはわからない。

だけど、ここを通すわけにはいかないことはわかっていた。

今のヴィンセントさんを行かせてはいけない。

仲間たちと一緒に全力で止めるべく戦った。

王都でミーティア様に同行している仲間は俺が知っているだけで十一人。

加えて、急ごしらえの装備で第三王子殿下の邸宅に向かおうとしていたヴィンセントさんに対して、こちらは夜間警備のために最新式のスパイガジェットで武装している。

戦力の差は歴然。

誰もが、ヴィンセントさんを止められると思っていた。

戦いが始まったその瞬間、そんな自信は跡形もなく消え去った。

（動きが見えない……!?）

次元が違う、と一瞬で思い知らされた。

数でも装備でも劣る状況にもかかわらず、ヴィンセントさんの個人能力は俺たちが連係してもまるで歯が立たない高みに達していた。

（勝てない……）

十一人の仲間たちが次々に意識を刈り取られていく。

それは本能的な恐怖を感じずにはいられない光景で。

（やっぱり才能が違う）

そう諦めそうになる自分がいる。
納得して戦いから降りたいと思ってしまう。
自分から降りれば、まだ傷つかずに済むから。
本気で戦って負けるよりはずっとマシだから。
――それでいいのか？
心の中で声が聞こえた。
負けたくない。
負けるくらいなら戦いたくない。
それは弱さだ。
自分を守ろうとする本能から来るプライドと自尊心。
傷つくことを恐れず戦えるほど自分は強くなくて。
何かのせいにして逃げたこともたくさんあって。
だけど、だからこそ踏みとどまった。
一歩でいい。
一秒でもいい。
逃げずに、折れずに戦うことができたなら。
それは自分に対する部分的な勝利だ。

隣にいる仲間を横目で見る。
ひどく怯えた顔で、それでも逃げずにヴィンセントさんに向かおうとしている。
握りしめた拳がふるえた。
みんな戦っている。
弱い自分を抱えている。
それでいい。
弱さがあるから、それでも戦い続ける姿勢が美しく見える。
ヴィンセントさんに向けて踏み込む。
何が起きたのかわからなかった。
気づいたとき、俺は暗い路地の中で木箱の破片に囲まれて倒れ込んでいた。
ざらついた砂の味。
敗北の味。
だけどその後味は、自分が思っていたよりもずっと清々しく心地良いものだった。

ヴィンセントさんに傷ひとつつけることができなかった俺たちだが、着ている服に汚れをつけて、単独での潜入を思いとどまらせることはできた。
プロフェッショナルであるヴィンセントさんだからこそ、徹底した準備で不安要素を排除しなければ戦いを続行するという判断ができない。
自分を投げ出し、必死でヴィンセントさんを止めた。
一週間が過ぎて、ヴィンセントさんはあきれたように息を吐いた。
「わかりました。今回は諦めましょう」
朝焼けの中で、服の埃を払うその姿は美しかった。
止めることができた、とほっとして。
不意に言われた言葉に、息を呑んだ。
「私が思っていたよりも、貴方たちは強くなっていたようですね」
それがどんなにうれしい言葉だったか。
きっとヴィンセントさんはわかっていないと思う。
逃げずに戦ったからこそ得られたもの。
ずっと逃げずにいられるほど強くはなくて。
才能のせいにしないと耐えられない弱さもやっぱりあって。
だけど、多分それでいいのだと思う。
逃げたり、都合の良い解釈に甘えたりしながら、力を振り絞って前に進んでいこう。
大きな何かを成し遂げられる人みたいに立派な生き方はできないけど。
ベストな自分を目指して、少しずつでも昨日より良いと思える自分になれるように。

ヴィンセントさんが用意してくれた機材を使って、日課にしている鍵開けの練習をする。

二週間前から変わらないタイムに、『才能ねえなぁ』とため息をついた俺に、シエルさんが言った。

「動きが良くなりましたね」

「え？」

予想外の言葉に、思わず聞き返した。

「でも、タイム的には二週間前から変わってなくて」

「最高記録は変わらなくても平均のタイムは良くなってると思いますよ」

「具体的にどうよくなりました？」

「この動きのここがぐっといけるようになってますね。あと、こっちの指の角度も良くなってて」

「あ、たしかに言われてみれば」

シエルさんの感覚的な説明が今日は少しだけわかった気がした。

(俺、うまくなってるんだ)

努力したって目に見える成果が出ないことがほとんどで。

何も変わっていないように思える日の方がずっと多くて。

だからこそ、小さな進歩が尊いもののように感じられた。

(もっとたくさん失敗して試行錯誤しないと)

細い針を鍵穴に差し入れる。
呼吸を止め、全神経を集中する。
かちり、と鍵が回る音が響いた。

［特別書き下ろし2］実験室で光を送る

その日の午後は実験室での授業だった。

『魔鉱石の還元』についての実験。

魔素を含んだ鉱石を還元剤と反応させて、純粋な鉱石に還元するという内容だ。

先生は砕いた魔鉱石と還元剤を、二グラムずつ量りとって試験管に入れる。

試験管は柔軟性のある管につながっている。

「これは管から気体が逆流するのを防ぐための道具で――」

普段は興味深い先生の話だけど、今日の授業は私が幽閉されていた頃に独学で理解済みの内容だった。

知っている話となると『あれ？　この授業私聞かなくても良くない？』という悪魔の誘惑が聞こえるのは必然。

加えて、お昼ご飯を食べてすぐの私は襲い来る眠気と戦っていた。

（なんてあたたかくて心地良い日射し……）

窓から射し込む太陽の光は、ほんのりやさしく私を温めていた。

普段は緊張感のあるクラスの雰囲気も今日はなんだかほんわかしている。

私の他にも実験内容を理解済みらしく、気を抜いていたり眠っていたりするクラスメイトがいた。

（いけない……頭が重たい……）

こくりこくりと頭を揺らしていたそのとき、白い光が私の瞼の裏を染めた。

なんだろう、と目を開ける。

何も変わってない実験室。

辺りを見回す私の視界の端でケイトがいたずらっぽく笑うのが見えた。

手鏡を使って私に光を送っている。

私は口角を上げると、手鏡を取り出す。

窓から射し込む光を反射させる。

教室の天井を光の帯が動く。

白い枠の端に虹のプリズムがきらめく。

光を送ると、ケイトはにっこり目を細める。

（クラリスにも送ってみよう）

数日前のクラス替えからSクラスのクラスメイトになったクラリスに光を送る。

クラリスは驚いた様子で私を見て、それから目を輝かせて手鏡で私に光を送った。

三人で先生に気づかれないように光を送り合う。

露骨にやるとバレちゃうので、あくまで授業を真面目に聞いている風を装いながら。

それはなかなかに楽しい時間だった。

あんなに眠かったのも忘れてしまうくらい。

天井を動く光の帯を目で追っていた私は、斜め前の席で授業を受けるフェリクスに目を留める。

向かいの席に座る男子が爆睡する中、フェリクスは背筋をぴんと伸ばして授業を聞いていた。

隣ではロイくんが無表情で授業を聞いている。ロイくんの肘はフェリクスに当たっているように見える。

(最近ほんと距離が近いな……)

一部の女子は『禁じられた恋よ！』ときゃーきゃー言っていて、『いやいやさすがにないって』と思っていた私だけど、最近のくっつき方はたしかに少し異様なものを感じるレベル。

少なくとも、ロイくんからフェリクスへの矢印はかなり大きそうに見える。

(ダメだ、私の中の開けてはいけない扉がガタガタいってる……)

一瞬『これはなかなか趣深いのでは』と思いかけた自分を心の中で殴って、意識をそらす。

(無駄に顔綺麗よね)

そう思いながらフェリクスを見ていると、普段よりやけに目を閉じている時間が長いことに気づいた。

まばたきにしては少し長すぎる間隔。

間違いない。

真面目に聞いてるフリしてるけどめちゃくちゃ睡魔と戦っている。

（聞いてるフリうまいな、あいつ）

なんだか感心してしまうくらい質の高い演技だった。

第三王子として、つまらない話を聞く機会も多かったからこそ磨かれたスキルなのかもしれない。

（よし、イタズラしてやろう）

私は光を動かしてフェリクスの方に近づけていく。

先生が黒板を見たのを見計らってフェリクスの顔にあてると、フェリクスは驚いた様子でびくりとふるえた。

何が起きたのかわからない様子で周囲を見回している。

（おもしろ）

こみ上げる笑みを押し殺していると、フェリクスが私を見た。

意外そうに目を見開いて、それから口元を手で覆う。

（あれ？　なんかうれしそう？）

光をあてられたフェリクスはなんだか喜んでいるように見えた。

（イタズラされて喜ぶとか……やっぱりあの事件のせいで、変な性癖に目覚めてしまったのかもし

れない）

かわいそうに、と心の中で同情する。

ちかり、と視界が白に染まる。

クラリスの手元で光る手鏡に目を細めて、私は光の帯を動かした。

あとがき

学校の屋上に続く扉の前にある、踊り場みたいなスペースが好きでした。

使われてない予備の机が並んでいて、物置みたいに使われているその場所は、普通に過ごしていると通らないからこそ非日常的な何かが空気に含まれているように感じられました。

本音を言うと屋上に出たかったのですが、現実の学校では大抵屋上への扉は施錠されています。生徒の安全のために仕方ない判断なのだと思いますが、出られないからこそ屋上への憧れがより強いものになっている人もいるのではないでしょうか。

自分が中学生の頃に読んだ最愛のネット小説にも、主人公達が屋上でごはんを食べたりするシーンがありました。葉月はそのシチュエーションに強い憧れを抱きました。

高校に入学したら絶対やろう。そうしよう。

しかし、現実は厳しく高校の屋上も施錠されていました。

葉月は落胆しました。初めて日直になった日、学級日誌に『授業をサボって屋上で寝転がって空を見上げたい』と書きました。

なぜか先生は葉月を褒めました。「屋上に行くときはクラスのみんなと先生も誘ってね」みたいなことを言われました。

今思うと、先生として見事な対応だったように思います。犯行予告を褒められた葉月は、あっさりとその先生に懐柔されました。

課外学習の感想文を友達とチャットしながら書いた際、『小説風に書くわ』『お前バカすぎだろ』みたいなノリで小説っぽい書き方で提出したときもそうでした。

先生は葉月を褒めてくれ、クラスのみんなの前で感想文を読み上げました。

恥ずかしさは大いにありましたが、単純な葉月なので褒められるのは素直にうれしかった。

『君は物書きになれる』みたいなことを言われました。

いやいや、無理やろと思ってましたが、今文章を書いて生計を立てているので見立ては正しかったのかもしれません。

日々の勉強時間を書いて提出する際、半年にわたって『今日もできませんでした』と適当に一時間とか嘘を書いて出し続けていた葉月に、『君は一生このままだらだら何もせず生きていくのでしょうね』みたいな返信を書いてくれたことも強く記憶に残っています。

友達は『すごいこと書かれてる……』と引いていましたが、そこまで言ってくれるんだ、と感じて葉月はうれしかった。

勉強はそのまま高校二年の冬までサボり続けましたが、最後の一年は一日も休まずがんばって先生と同じ大学に入りました。

多分クラスで一番勉強してたんじゃないかな、と思います。そこまでがんばれたのもきっとあの言葉があったから。

そして今、小説家として生きていられているのもあのときあんな風に言ってもらえたからじゃないかと思っています。

ありがとう、先生。

話が逸れましたが、この小説には学校生活でできなかったいろいろなことへの憧れが詰まっているのではないかと思います。

学校の勉強なんてしなくていいと今でも思いますし、クラスで浮いてたりうまくやれない人には『学校なんてその先の人生に比べたら大したところじゃないから気にしなくて良いよ』と心から伝えたい。

でも、葉月にとっては今の自分を作ってくれている良い部分もありました。

小説のキャラに影響を受けて、一週間くらい『〜っしょ』という語尾で過ごして、野球部の保護者コーチに半笑いでいじられたり、某カードキャプターの影響を受けたのか『ほえー』が口癖になって友達に『それ気持ち悪いからやめた方が良いよ』と言われたり、黒歴史も大いにありますが……いけない、本気で苦しくなってきた。

そんな憧れと願いが詰まったこの小説が皆様にとって良いものでありますように。

これからも大好きなものを詰め込んで書いていくので、よかったら楽しんでいただけるとうれしいです。

最後に、自分の小説を手に取ってくださる皆様に、何よりも大きな心からの感謝を。

一巻のあとがきを読み返して、こいつ痛いなと思った六月　葉月秋水

学園編最高でした！
めちゃくちゃ描くの楽しかったです〜
コミカライズも
よろしくです！
転

SQEXノベル

華麗なる悪女になりたいわ!
～愛され転生少女は、楽しい二度目の人生を送ります～ Ⅱ

著者
葉月秋水
イラストレーター
転

2024年7月5日 初版発行

発行人
松浦克義

発行所
株式会社スクウェア・エニックス
〒160－8430
東京都新宿区新宿6－27－30 新宿イーストサイドスクエア
（お問い合わせ）スクウェア・エニックス サポートセンター
https://sqex.to/PUB

印刷所
TOPPANクロレ株式会社

担当編集
増田 翼

装幀
SAVA DESIGN

ISBN978-4-7575-9294-0 C0093 Printed in Japan